마법사가 잃어버린 모자

무민 도서관
마법사가 잃어버린 모자

초판 1쇄 발행일_2018년 3월 23일 | 초판 3쇄 발행일_2020년 8월 26일
글·그림_토베 얀손 | 옮김_이유진
펴낸이_박진숙 | 펴낸곳_작가정신 | 출판등록_1987년 11월 14일(제1-537호)
책임편집_윤소라 | 디자인_노민지
마케팅_김미숙 | 디지털 콘텐츠_김영란
주소_(10881) 경기도 파주시 문발로 314 2층 | 전화_(031)955-6230
팩스_(031)944-2858 | 이메일_mint@jakka.co.kr | 홈페이지_www.jakka.co.kr

ISBN 979-11-6026-649-8 04890
ISBN 979-11-6026-656-6 (세트)

이 도서의 국립중앙도서관 출판시도서목록(CIP)은 서지정보유통지원시스템 홈페이지(http://seoji.nl.go.kr)와 국가자료공동목록시스템(http://www.nl.go.kr/kolisnet)에서 이용하실 수 있습니다.
(CIP제어번호 : CIP2018004826)

Trollkarlens hatt

Copyright ⓒ Tove Jansson (1948) Moomin Characters™
Korean edition published by Jakkajungsin 2018
Korean Publication rights arranged by Seoul Merchandising Co., Ltd.
All rights reserved.

이 책의 한국어판 저작권은 SMC를 통한 저작권자와의 독점 계약으로 작가정신 출판사에 있습니다.
저작권법에 의해 한국 내에서 보호를 받는 저작물이므로 무단 전재와 무단 복제를 금합니다.

* 책값은 뒤표지에 있습니다. * 잘못된 책은 바꾸어 드립니다.
* 이 책의 등장인물을 포함한 고유명사는 가독성을 위하여 국내에 널리 소개된 표기를 따랐습니다.

TROLLKARLENS HATT

마법사가 잃어버린 모자

토베 얀손 무민 연작소설

이유진 옮김

작가
정신

차례

여는 이야기 ··· 7

첫 번째 이야기 ··· 11
무민과 스너프킨과 스니프가 마법사의 모자를 발견하고, 꼬마 구름 다섯이 갑자기 나타나고, 헤물렌이 새로운 취미를 갖게 되다

두 번째 이야기 ··· 36
무민이 안경원숭이로 변하고, 무민과 스노크가 개미귀신에게 복수하고, 무민과 스너프킨이 비밀스러운 밤 산책을 나서다

세 번째 이야기 ··· 63
사향뒤쥐가 두메로 돌아가 말 못 할 일을 겪고, 모험호가 무민 가족을 해티패티들의 외딴섬으로 데려가고, 헤물렌이 불타 버릴 뻔하고, 폭풍우가 무민 가족을 덮치다

네 번째 이야기 ··· 95
밤늦게 해티패티들이 찾아와 스노크메이든의 머리털을 홀랑 태우고, 무민 가족과 친구들이 외로운 섬의 바닷가에서 아주 멋진 물건을 발견하다

다섯 번째 이야기 ·· 119
무민과 친구들이 왕의 루비에 관한 이야기를 듣고, 스노크가 주낙 낚시를 하고, 마멜루크가 죽고, 무민 가족의 집이 정글로 변하다

여섯 번째 이야기 ·· 154
수수께끼의 여행 가방을 들고 그로크에게 쫓기는 토프슬란과 비프슬란이 나타나고, 스노크가 재판을 이끌다

마지막 이야기 ··· 177
스너프킨이 길을 떠나고, 가방 속 수수께끼가 풀리고, 무민마마가 손가방을 잃어버렸다가 되찾아 큰 잔치를 열고, 마법사가 무민 골짜기에 오다

어느 이야기

잿빛이었던 어느 날 아침, 무민 골짜기에 첫눈이 내렸다. 슬그머니 소리 없이 내리기 시작한 눈은 몇 시간 만에 온 세상을 하얗게 뒤덮었다.

무민은 계단참에 서서 무민 골짜기가 겨울 침대보를 끌어당겨 덮는 광경을 편안한 마음으로 지켜보면서 생각했다.

'오늘 밤이면 우리 가족 모두 겨울잠에 들겠구나.'

무민 종족은 보통 11월에 겨울잠에 들기 때문이었다. (어둠과 추위를 좋아하지 않는 이에게 겨울잠은 꽤 합리적이다.) 무민은 문을 닫고 무민마마에게 살금살금 다가가서 말했다.

"눈이 왔어요."

무민마마가 말했다.

"엄마도 알고 있어요. 잠자리에 가장 따뜻한 이불을 깔아 놓았단다. 무민, 너는 꼬마 스니프랑 같이 서쪽 고미 다락방에서 자렴."

무민이 말했다.

"하지만 스니프는 코를 무시무시하게 골아요. 대신 스너프킨이랑 자면 안 돼요?"

무민마마가 말했다.

"좋을 대로 하렴. 스니프는 동쪽 고미 다락방에서 자면 되니까."

그렇게 무민 가족과 친구들 그리고 무민 가족과 알고 지내는 이들 모두 꼼꼼하고 진지하게 기나긴 겨울나기를 준비했다. 무민마마는 겨울잠을 잘 가족과 친구들을 위해 베란다에 상을 차렸는데, 접시에는 전나무 잎만 담겨 나왔다. (석 달 동안 자려면 침엽수 잎으로 배를 든든히 채워야 하기 때문이다.) 저녁 식사가 끝나자 (더는 입맛도 없었다.) 모두 여느 때보다 좀 더 격식을 차리며 잘 자라고 인사했고, 무민마마는 모두 이를 닦게 했다. 무민파파는 집 안을 돌아다니며 문과 창문을 모조리 닫았고, 샹들리에에 먼지가 끼지 않도록 모기장을 씌웠다.

그러고 나서 저마다 자기 침대로 들어가 편안한 자세를 잡고 이불을 귀까지 덮은 채 재미있는 일을 생각했다.
그러나 무민은 살짝 한숨을 내쉬고는 말했다.
"우리는 시간을 너무 많이 낭비하는 것 같아!"
스너프킨이 말했다.
"아니야! 우리는 꿈을 꾸잖아. 다시 잠에서 깨어나면 봄이 오고……."
무민이 웅얼거렸다.
"으응……."
무민은 벌써 저 멀리 반쯤 땅거미가 내려앉은 꿈속으로 미끄러져 들어가고 있었다.
바깥에서는 고운 눈송이가 펑펑 쏟아져 내렸다. 눈은 이미 계단을 뒤덮었고, 지붕과 창틀에 묵직하게 쌓여 갔다. 곧 무민 가족의 집은 부드럽고 둥글둥글한 눈 더미가 될 터였다. 시계들은 하나둘 똑딱거리는 소리를 멈추었고, 겨울이 왔다.

첫 번째 이야기

무민과 스너프킨과 스니프가 마법사의 모자를 발견하고,
꼬마 구름 다섯이 갑자기 나타나고,
헤뮬렌이 새로운 취미를 갖게 되다

어느 봄날 새벽 4시에 새봄 첫 뻐꾸기가 무민 골짜기에 날아왔다. 뻐꾸기는 파란 무민 가족의 집 지붕에 앉아 아직 무척 이른 봄이라 조금은 쉰 목소리로 여덟 번을 울었다.

그러더니 뻐꾸기는 동쪽으로 날아갔다.

잠에서 깬 무민은 자신이 어디에 있는지 미처 깨닫지 못한 채 오랫동안 천장을 바라보며 누워 있었다. 무민은

100일 밤과 100일 낮 동안 잠들어 있었고, 꿈은 뭉게뭉게 떼 지어 무민의 곁을 둘러싸고는 무민을 다시 잠으로 끌어들이고 싶어 했다.

그러나 무민은 새로 편안한 자세를 잡으려고 몸을 뒤척이다 잠이 확 달아날 만한 사실을 알아챘다. 스너프킨의 침대가 비어 있었다.

무민이 자리에 일어나 앉아 입을 열었다.

"아니, 스너프킨의 모자까지 없어졌잖아. 이거 큰일인데."

무민은 열린 창문으로 살금살금 다가가서 밖을 내다보았다. 그래, 스너프킨은 줄사다리를 쓴 게 틀림없었다. 짧은 다리로 간신히 창틀에 올라선 무민은 줄사다리를 타고 조심조심 내려갔다. 축축하게 젖은 땅에 난 스너프킨의 발자국이 또렷이 보였다. 발자국은 이리저리 아무렇게나 뒤엉켜 있어서 따라가기가 쉽지 않았다. 가끔 느닷없이 풀쩍 뛰어 엇갈리기도 했다.

무민은 곰곰이 생각했다.

'스너프킨이 즐거웠나 봐. 여기에서 공중제비를 넘었네. 틀림없어.'

갑자기 무민은 고개를 들고 귀를 기울였다. 저 멀리서 스너프킨이 자신의 가장 신나는 노래인 〈작은 동물들은 모두 꼬리에 장미 모양 리본을 달지〉를 하모니카로 연주하고 있었다. 무민은 노랫소리를 향해 내달리기 시작했다.

무민은 강 아래쪽 다리에서 낡은 모자를 귀까지 눌러 쓴 채 강물 위로 두 다리를 달랑거리며 난간에 걸터앉아 있는 스너프킨을 만났다.

무민은 스너프킨 곁에 앉으면서 말했다.

"안녕."

"안녕, 안녕."

스너프킨은 이렇게 대답하고는 연주를 이어 나갔다.

숲 꼭대기까지 천천히 떠오른 태양이 무민과 스너프킨의 얼굴에 빛을 곧게 내리비추었다. 반짝이며 흐르는 강물 위에서 다리를 달랑달랑 흔들면서 태양을 향해 실눈을 뜬 둘은 무심한 듯 다정한 기분을 느꼈다.

바로 이 강에서 무민과 스너프킨은 배를 타고 세상 속 무수한 모험을 향해 나아갔다. 그리고 그때마다 새로운 친구들을 만나 무민 골짜기에 있는 집으로 데려왔다. 무민마마와 무민파파는 무민과 스너프킨의 새로운 친구들을 아무렇지도 않게 맞이하며 새 침대를 들이고 더 큰 식탁을 만들기만 했다. 그래서 무민 가족의 집은 일을 잔뜩 벌여 놓기만 하고 내일 무슨 일이 벌어질지 여간해서는 걱정하지 않는 손님들로 바글바글 붐볐다. 가끔 충격적이고 무서운 일이 일어나고는 했지만, 그래서 아무도 따분할 틈이 없었다. (그게 바로 큰 장점이었다.)

스너프킨은 봄노래의 마지막 절까지 마무리한 뒤 하모니카를 주머니에 넣으며 말했다.

"스니프는 일어났을까?"

무민이 말했다.

"아직 자고 있을걸. 스니프는 늘 남들보다 일주일은 더 자잖아."

"그럼 스니프를 깨우자."

스너프킨은 딱 잘라 말하더니 다리 난간에서 풀쩍 뛰어내렸다.

"우리는 색다른 일을 해야 해. 오늘은 날이 화창할 테니까."

무민은 동쪽 고미 다락방 창문 아래에서 휘파람을 세 번, 두 손가락을 입에 넣고 부는 휘파람을 한 번 길게 불며 비밀 신호를 보냈다. (이 휘파람은 곧 무슨 일이 일어날 것이라는 뜻이다.) 그러자 스니프가 코 고는 소리는 멈추었지만, 인기척은 나지 않았다.

스너프킨이 말했다.

"한 번 더!"

둘은 더 힘껏 신호를 보냈다. 그러자 요란한 소리와 함께 창문이 벌컥 열렸다.

스니프가 화내며 소리쳤다.

"나 자고 있다고!"

스너프킨이 말했다.

"이제 그만 내려와. 화내지 말고. 색다른 일을 할 생각이야."

그러자 스니프는 자느라 구겨진 귀를 편 다음 줄사다리를 타고 내려왔다. (계단을 오르내리려면 시간이 너무 오래 걸리기 때문에 창문마다 줄사다리를 매달아 놓았다는 사실을 이쯤에서 말해 두는 편이 좋겠다.)

정말이지 더없이 화창한 날이었다. 주위에는 막 겨울잠에서 깨어나 얼떨떨하게 뛰어다니며 자신들이 지금 어디 있는지 겨우 깨닫는 작은 생명들이 가득했다. 그리고 나면 옷가지를 널고, 수염을 빗고, 집을 고치면서 온갖 방법으로 봄맞이를 준비했다.

무민과 스너프킨과 스니프는 가끔 걸음을 멈추고 집을 짓는 광경을 구경하기도 했고, 말다툼 소리를 듣기도 했다. (겨울잠에서 깬 날 아침에는 심기가 불편해서 다투기 쉽다.)

나무 요정들은 나뭇가지 여기저기에 앉아 긴 머리를 빗고 있었고, 아기 생쥐들과 작은 생명들은 북쪽 나무줄기에 남은 눈 더미에서 굴을 파들어 가고 있었다.

나이 지긋한 풀뱀이 말했다.

"즐거운 봄이구나! 겨울잠은 잘 잤니?"

무민이 대답했다.

"네, 잘 잤어요. 아저씨도 안녕히 주무셨어요?"

풀뱀이 말했다.

"잘 잤지. 엄마 아빠에게 안부 전해 주렴!"

무민과 스너프킨과 스니프는 마주치는 이들마다 이런 이야기를 나누었다. 그러나 산에 높이 오를수록 인적이 드물어져, 끝내는 부산스럽게 움직이며 봄맞이 청소를 하는 엄마 생쥐 하나둘만 보았다.

사방이 축축했다.

녹아 가는 눈밭에서 다리를 높이 들고 성큼성큼 걷던 무민이 말했다.

"어휴, 끔찍해. 눈이 이렇게 많으면 무민한테는 좋을 게 없어. 엄마가 그랬어."

그러더니 무민은 재채기를 했다.

스너프킨이 말했다.

"있지, 무민. 좋은 생각이 났어. 산꼭대기에 돌무더기를 쌓아서 우리가 일등으로 도착했다는 사실을 알리자!"

"좋아!"

스니프가 이렇게 소리치더니 둘을 앞지르려고 급히 달려 나갔다.

 봄바람이 춤추듯 이리저리 자유롭게 살랑거리는 산꼭대기 주위로 푸른 지평선이 펼쳐져 있었다. 서쪽으로는 바다가 누워 있었고, 동쪽으로는 강이 외로운 산 속으로 굽이쳤으며, 남쪽에 있는 무민 가족의 집 굴뚝에서는 무민마마가 아침 커피를 끓이느라 연기가 모락모락 피어올랐다. 그러나 스니프는 이 광경이 전혀 눈에 들어오지 않았다. 산꼭대기에 모자가, 둘레가 원통 모양으로 길쭉하게 솟은 검은색 모자 하나가 놓여 있었기 때문이었다.

스니프가 소리쳤다.

"누가 우리보다 먼저 여기 왔었어!"

무민은 모자를 집어 들고 살펴보더니 말했다.

"이 모자 정말 멋지다. 스너프킨, 너한테 잘 어울리겠는데."

자신의 낡은 초록색 모자를 아끼는 스너프킨이 말했다.

"아니, 됐어. 그 모자는 너무 새 것 같아."

무민은 곰곰이 생각했다.

"아빠가 쓰고 싶어 하실지도 모르겠어."

스니프가 말했다.

"그 모자 우리가 가져가자. 아무튼 이제 집에 가고 싶어. 배 속이 커피를 달라고 아우성을 치고 있어. 너희도 그렇지?"

무민과 스너프킨이 다정하게 말했다.

"물론이지!"

이렇게 해서 무민과 스너프킨과 스니프는 자신들이 무민 골짜기를 마법과 온갖 기이한 일이 일어나는 곳으로 바꾸어 버릴 줄은 꿈에도 모르고 마법사의 모자를 집으로 가져가게 되었다.

무민과 스너프킨과 스니프가 베란다로 돌아왔을 때는 모두 커피를 마시고 뿔뿔이 흩어진 뒤였다. 무민파파만 자리에 남아 신문을 읽고 있었다.

무민파파가 말했다.

"그래, 너희도 일어났구나. 오늘 신문에는 이상하게도 흥미로운 소식이 적어. 시내에 쌓았던 둑이 터져서 개미 마을 한 곳을 쓸어 버렸다는구나. 개미들은 모두 무사하고. 올봄 첫 뻐꾸기는 네 시에 골짜기로 날아왔다가 동쪽으로 갔단다."

(동쪽으로 향하는 뻐꾸기는 위로를 예견하는 좋은 징조이지만, 서쪽으로 향하는 뻐꾸기가 훨씬 더 좋은 징조다.)

무민이 자랑스럽게 말했다.

"우리가 뭘 찾아냈는지 한번 보세요. 아빠를 위한 검은색 길쭉한 모자인데, 멋지죠!"

무민파파는 모자를 꼼꼼하게 살펴보더니 거울 앞에 서서 써 보았다. 모자는 눈을 가릴 만큼 컸지만, 그래서 더 인상적이었다.

무민이 소리쳤다.

"엄마! 와서 아빠 좀 보세요!"

부엌문을 연 무민마마는 깜짝 놀라 문지방에서 걸음을 멈추었다.

무민파파가 물었다.

"이 모자 어때요?"

무민마마가 대답했다.

"괜찮네요. 당신. 그 모자를 쓰니까 진짜 남자다워요. 살짝 커 보이기는 하지만."

무민파파는 모자를 뒤로 젖혀 쓰고 다시 물었다.

"이러면 좀 더 나아요?"

무민마마가 말했다.

"흠. 물론 괜찮아요. 하지만 모자를 쓰지 않는 편이 더 점잖아 보이겠는걸요."

무민파파는 거울을 들여다보며 앞뒤와 양옆으로 돌아보

더니, 한숨을 내쉬며 모자를 내려놓았다.

무민파파가 말했다.

"당신 말이 맞아요. 하나같이 멋을 부릴 필요는 없지."

"마음이 날개죠."

무민마마가 다정하게 말했다.

"얘들아, 달걀 더 먹으렴. 겨우내 전나무 잎으로만 버텼으니까!"

그러더니 무민마마는 다시 부엌으로 갔다.

스니프가 물었다.

"그럼 저 모자는 어떡해요? 멋진데!"

"쓰레기통으로 쓰면 되겠구나."

무민파파는 이렇게 말하고 회고록을 쓰러 위층으로 돌아갔다. (무민파파의 파란만장했던 젊은 시절에 관한 장대한 이야기다.)

스너프킨은 모자를 서랍장과 부엌문 사이에 놓았다.

"가구가 하나 더 늘었네."

무언가를 갖는다는 즐거움을 좀처럼 이해할 수 없는 스너프킨이 이렇게 말하며 쓴웃음을 지었다. 스너프킨은 태어났을 때부터 입고 있던 낡은 옷만으로도 잘 지냈고, (스너프킨이 어디에서 어떻게 태어났는지는 아무도 모른다.) 남에게 주지 않고 자신이 가지고 있는 물건은 딱 하나, 하모니카뿐이었다.

무민이 말했다.

"아침 다 먹었으면 스노크랑 스노크메이든이 뭐 하는지 보러 나가자."

그러나 (가끔) 예절 바른 행동을 하는 무민은 정원으로 나가기 전에 자신이 먹은 달걀 껍데기를 치워 새 쓰레기통에 버렸다.

이제 거실에는 아무도 없었다.

마법사의 모자는 달걀 껍데기가 담긴 채 서랍장과 부엌 문 사이의 구석진 곳에 놓여 있었다. 그때 갑자기 이상한 일이 벌어졌다. 달걀 껍데기의 모양이 변하기 시작했다.

사실대로 말하자면, 마법사의 모자 속에 오랫동안 들어 있던 물체는 전혀 다른 모양으로 변하는데, 어떤 모양으로 변할지 미리 알 수는 없다. 모자가 무민파파에게 맞지 않아서 천만 다행이었다. 조금만 더 오래 모자를 쓰고 있었더라면 모든 작은 동물의 수호자는 무민파파가 어떻게 변했을지 알게 되었으리라. 모자를 잠깐 썼다가 벗은 무민파파는 머리가 조금 지끈거렸다. (그렇지만 오후에는 말끔히 나았다.)

그러나 모자 속에 든 달걀 껍데기는 모양이 천천히 바뀌어 갔다. 흰 빛깔은 그대로였지만 크기가 점점 커졌고, 말랑말랑하고 보드라워졌다. 시간이 조금 더 지나자, 모양이 변한 달걀 껍데기가 모자 속을 꽉 채웠다. 이윽고 모자챙을 빠져나온 둥그런 꼬마 구름 다섯 개는 베란다로 둥실둥실 흘러가더니 통통 부딪히며 계단을 내려가 공중에 낮게 뜬 채 멈추었다. 이제 마법사의 모자 속은 텅 비었다.

무민이 말했다.

"아니, 세상에."

스노크메이든이 걱정스럽게 물었다.

"불이라도 났어?"

구름들은 마치 기다렸다는 듯 모양새도 바꾸지 않고 가만히 있었다.

스노크메이든이 팔을 뻗어 아주 조심스럽게 가장 가까이 있는 구름을 슬쩍 건드려 보더니 깜짝 놀라 말했다.

"꼭 솜 같아."

그러자 다른 친구들도 가까이 다가가 만져 보았다.

스니프가 말했다.

"작은 방석 같은 느낌인데."

스너프킨은 슬그머니 구름 하나를 밀어 보았다. 구름은 살짝 밀려났다가 멈추었다.

스니프가 물었다.

"이거 누구 거지? 어떻게 베란다로 들어왔지?"

무민이 고개를 저으며 말했다.

"이렇게 이상한 건 처음 봐. 가서 엄마한테 말해야겠어."

스노크메이든이 소리쳤다.

"아니야, 안 돼! 우리가 직접 살펴보자."

그러더니 스노크메이든은 구름 하나를 끌어당겨 매만지며 말했다.

"진짜 푹신푹신해."

구름 위에 올라앉은 스노크메이든은 깔깔대며 그네를 타듯 구름을 위아래로 흔들었다.

"나도 하나 탈래!"

스니프가 이렇게 소리 지르더니 다른 구름에 올라탔다.

그런데 스니프가 "얍!" 하고 소리친 순간, 구름이 우아하고도 완만하게 붕 떠올랐다.

스니프가 소리쳤다.

"우와! 움직였어!"

이제 모두 구름에 하나씩 올라타서는 "얍! 얍!" 하고 소리쳤다.

구름 뭉치들은 말 잘 듣는 커다란 토끼가 멀리뛰기를 하듯이 이리저리 떠다녔다. 구름을 모는 방법은 스노크가 알아냈다. 한쪽 발로 살짝 누르면 방향을 바꾸었다. 양발을 꾹 누르면 전속력으로 나아갔다. 엉덩이를 살랑살랑 흔들면 떠오르고, 가만히 있으면 멈추었다.

정말이지 엄청나게 재미있었다.

모두 나무 꼭대기와 무민 가족의 집 지붕까지 과감히 떠올랐다.

무민은 무민파파의 방 창문 밖에 구름을 대며 소리 질렀다.

"꼬끼오!"

(너무 들뜬 무민은 이보다 더 기발한 생각을 할 수가 없었다.)

무민파파는 회고록을 쓰느라 쥐고 있던 펜까지 놓쳐 떨어뜨리고 창문으로 달려가 소리쳤다.

"세상에! 세상에!"

무민파파는 말문이 막혀 다른 말은 하지 못했다.

무민이 말했다.

"아빠 회고록의 한 장(章)을 차지할 만한 멋진 일이죠!"

그러더니 무민은 구름을 부엌 창문으로 몰고 가서 무민마마를 소리쳐 불렀다. 무민마마는 분주히 퓌티판나*를 만들고 있었다.

무민마마가 말했다.

"무민, 지금 뭘 하니? 떨어지지 않게 조심해!"

---

* **퓌티판나**(pyttipanna)_ 돼지고기와 양파와 감자 등을 깍둑썰기해서 볶은 스웨덴 요리.—옮긴이

그러나 정원 아래쪽에서는 스노크와 스너프킨이 새로운 놀이를 생각해 냈다. 둘은 서로를 향해 전속력으로 구름을 몰아서는 쿵하는 소리를 내며 부드럽게 부딪쳤다. 먼저 구름에서 떨어지는 쪽이 지는 놀이였다.

"본때를 보여 주지!"

스너프킨이 구름을 양발로 꾹 누르며 소리쳤다.

"앞으로!"

그러나 스노크는 잽싸게 옆으로 비껴나 밑에서 스너프킨을 공격했다. 그 바람에 스너프킨의 구름이 뒤집혀서 스너프킨이 꽃밭에 곤두박질을 쳤고, 모자가 코까지 눌려 내려갔다.

"3회전이다!"

심판을 보며 다른 친구들보다 좀 더 위에 떠 있던 스니프가 소리를 질렀다.

"2대1이야! 제자리에, 준비, 시작!"

무민이 스노크메이든에게 물었다.

"우리 같이 날아다녀 볼까?"

"좋아."

스노크메이든은 이렇게 대답하며 구름을 무민 구름 옆으로 몰았다.

"어디로 갈까?"

무민이 말했다.

"헤물렌을 찾아서 깜짝 놀라게 하자."

무민과 스노크메이든은 정원 위를 돌아보았지만, 헤물렌은 평소에 늘 있던 곳에 보이지 않았다.

스노크메이든이 말했다.

"헤물렌이 어디 멀리 갔을 리가 없는데. 마지막으로 봤을 때는 우표를 분류하고 있었어."

무민이 콕 집어 말했다.

"하지만 그때는 반 년 전이었잖아."

스노크메이든이 말했다.

"아, 그러네! 그 뒤로 우리는 쭉 겨울잠을 잤으니까."

무민이 물었다.

"잘 잤니?"

스노크메이든이 나무 꼭대기 위로 우아하게 날아올라 잠깐 동안 곰곰이 생각해 본 뒤에 대답했다.

"끔찍한 꿈을 꿨어! 검은색 길쭉한 모자를 쓴 무서운 남자가 날 보고 얼굴을 찡그렸어."

무민이 말했다.

"희한하네. 나도 똑같은 꿈을 꿨어. 그 남자 혹시 흰 장갑도 끼고 있었어?"

스노크메이든이 고개를 끄덕이며 말했다.

"그래, 맞아."

미끄러지듯 천천히 숲을 지나는 잠깐 동안 무민과 스노크메이든은 이 일을 생각했다.

그때 갑자기 고개를 푹 숙인 채 뒷짐을 지고 발을 질질 끌며 걸어가는 헤물렌이 보였다. 무민과 스노크메이든은 헤물렌의 양옆에 내려앉으며 동시에 소리쳤다.

"좋은 아침!"

헤물렌이 소리쳤다.

"으악! 어휴, 깜짝 놀랐잖아! 내 앞에 이렇게 갑자기 나타나면 안 된다는 거 몰라? 간 떨어질 뻔했네."

스노크메이든이 말했다.

"어머, 미안해. 그렇지만 우리가 뭘 타고 있는지 좀 봐!"

헤물렌이 말했다.

"이상하군그래. 하지만 난 너희가 하는 이상한 일에는 익숙해. 게다가 난 지금 울적하다고."

스노크메이든이 안됐다는 듯 물었다.

"아니, 왜? 날씨가 이렇게나 화창한데?"

헤물렌은 고개를 가로저으며 말했다.

"어쨌든 너희는 이해 못 해."

무민이 말했다.

"이해하도록 노력해 볼게. 혹시 또 인쇄가 잘못된 희귀 우표를 잃어버렸어?"

헤물렌이 한숨을 내쉬었다.

"그 반대야. 다 갖고 있어. 모든 걸 다. 내 우표 수집은 완벽해. 이제 없는 게 없어."

스노크메이든이 기운을 북돋우려고 말했다.

"와, 대단해!"

헤물렌이 말했다.

"그래. 너희는 이해하지 못할 줄 알았어."

무민과 스노크메이든은 걱정스러운 눈빛으로 서로를 마주보았다. 헤물렌의 슬픔을 존중하는 마음에서 둘은 구름을 조금 뒤로 빼고 헤물렌의 뒤를 따라갔다. 헤물렌이 마음속 이야기를 해 줄 때까지 무민과 스노크메이든이 기다리는 동안 헤물렌은 천천히 무거운 발걸음을 옮겼다.

잠시 뒤 헤물렌이 소리쳤다.

"하! 부질없어."

또 잠시 뒤 헤물렌이 말했다.

"내 우표로 뭘 하겠어! 화장실 휴지로나 쓰면 모를까!"

스노크메이든이 충격을 받아 소리쳤다.

"하지만 헤물렌! 그런 말 하지 마! 네가 모은 우표들은 세상에서 가장 멋져!"

헤물렌이 절망적으로 소리쳤다.

"바로 그게 문제야! 내 수집이 완성돼 버렸어! 내가 모으지 못한 우표는, 인쇄가 잘못된 희귀본은 없어. 하나도 빠짐없다고! 이제 난 뭘 하면 좋지?"

무민이 천천히 말했다.

"이제 좀 알 것 같아. 너는 이제 수집가가 아니야. 그냥 소장가일 뿐이지. 그러면 재미있을 것도 없고."

헤뮬렌이 마음 상한 목소리로 중얼거렸다.

"응. 전혀."

헤뮬렌은 걸음을 멈추더니 잔뜩 찡그린 얼굴로 무민과 스노크메이든을 돌아보았다.

스노크메이든이 한 손으로 헤뮬렌을 토닥이며 말했다.

"헤뮬렌, 나한테 한 가지 방법이 있어. 뭔가 전혀 다른 걸, 그러니까 색다른 걸 수집해 보면 어떨까?"

헤뮬렌이 수긍했다.

"그것도 방법이 될 수 있겠지."

그렇지만 헤뮬렌은 여전히 얼굴을 찡그리고 있었는데, 가슴 깊이 낙담했다가 단박에 즐거워질 수 있을 줄은 몰랐기 때문이었다.

무민이 의견을 내놓았다.

"나비 같은 건 어때?"

헤뮬렌은 다시 우울해져서 말했다.

"그럴 수는 없어. 친사촌이 나비를 수집해. 그리고 난 그 사촌이 견딜 수 없이 싫어."

스노크메이든이 말했다.

"그럼 비단 리본은 어때?"

헤뮬렌은 콧방귀를 뀌었다.

스노크메이든은 희망을 잃지 않고 말을 이어 나갔다.

"그럼 장신구는? 장신구는 끝이 없어!"

헤뮬렌이 말했다.

"어휴."

스노크메이든이 말했다.

"그래, 이제 더 생각나는 것도 없어."

무민이 헤뮬렌을 위로했다.

"우리가 널 위해 뭐든 생각해 낼게. 엄마는 분명히 좋은 생각이 있으실 거야. 그건 그렇고, 사향뒤쥐 아저씨 봤어?"

헤뮬렌이 서글픈 목소리로 대답했다.

"아직 주무셔. 사향뒤쥐 아저씨가 일찍 일어나는 일은 불필요하다고 했었는데, 그 말이 맞았어."

그리고 헤뮬렌은 쓸쓸히 숲을 걸어갔다.

무민과 스노크메이든은 햇볕을 쬐며 구름을 느릿느릿 흔들어 나무 꼭대기까지 올라갔다. 둘은 헤뮬렌이 뭘 수집하면 좋을지 곰곰이 생각해 보았다.

스노크메이든이 말했다.

"조가비는 어때?"

무민이 말했다.

"아니면 바지 단추나."

그러나 무민과 스노크메이든은 따뜻한 날씨 탓에 졸음이 쏟아졌다. 더는 아무 생각도 나지 않았다. 둘은 구름 위에 누워 종달새들이 노래하는 봄 하늘을 바라보았다.

그때 갑자기 올해 첫 나비가 보였다. 봄에 처음 보는 나비가 노랑나비라면 여름이 즐거울 거라는 뜻임을 모두 알고 있었다. 흰나비라면 그저 차분한 여름을 보내게 된다. (검정색과 갈색이 섞인 호랑나비 이야기는 절대로 하면 안 되는데, 슬픈 여름이 되기 때문이다.) 그런데 이 나비는 금색이었다.

무민이 말했다.

"금색 나비는 무슨 뜻이지? 처음 보는데."

스노크메이든이 말했다.

"금색이 노란색보다 훨씬 좋겠지. 어디 한번 두고 보자!"

무민과 스노크메이든이 저녁 식사를 하러 집으로 돌아갔을 때, 계단에서 헤물렌을 만났다. 그런데 헤물렌의 얼굴이 환했다.

무민이 말했다.

"이제 괜찮아? 어떻게 된 거야?"

헤물렌이 소리쳤다.

"식물! 식물을 채집할 거야! 스노크가 생각해 냈어. 세상에서 가장 멋진 식물 표본집을 만들 거야!"

그러더니 헤물렌은 치마를 펼쳐* 자신이 처음으로 채집한 식물을 보여 주었다. 흙과 나뭇잎들 사이에 작고 가느다란 중의무릇이 놓여 있었다.

헤물렌이 자랑스럽게 말했다.

---

* 헤물렌은 늘 이모님이 물려준 원피스를 입고 다닌다. 헤물렌들은 모두 치마를 입고 다니는 듯하다. 희한한 일이기는 하지만, 사실이 그렇다.—지은이

"가이아 루테아*. 내 수집 표본 제1호지. 흠잡을 데 없는 표본이야."

그리고 헤물렌은 집 안으로 들어가 식탁에 놓인 음식을 깨끗이 비웠다.

무민마마가 말했다.

"자리 좀 구석으로 옮겨 주렴. 수프를 여기 두어야겠구나. 빠짐없이 모두 들어왔지? 사향뒤쥐 아저씨는 아직도 주무시고?"

스니프가 말했다.

"게으른 돼지처럼 말이죠."

접시마다 음식을 담아 준 다음, 무민마마가 물었다.

"오늘 하루 재미있게 지냈니?"

가족들이 모두 입을 모아 소리쳤다.

"정말 재미있었어요!"

다음 날 아침, 무민이 구름을 꺼내러 장작 창고로 갔을 때, 구름들은 온데간데없이 사라지고 없었다. 그리고 그 일이 마법사의 모자 속에 돌아와 있는 달걀 껍데기와 연관이 있다는 사실은 아무도 깨닫지 못했다.

---

* 중의무릇의 라틴어 학명.—옮긴이

두 번째 이야기

무민이 안경원숭이로 변하고,
무민과 스노크가 개미귀신에게 복수하고,
무민과 스너프킨이 비밀스러운 밤 산책을 나서다

무민 골짜기에 여름비가 내리던 덥고 조용한 어느 날, 무민과 친구들은 모두 집 안에서 숨바꼭질을 했다.

스니프는 얼굴을 양손으로 가리고 구석에 서서 큰 소리로 숫자를 셌다. 열까지 센 다음, 스니프는 집 안을 뒤지며 돌아다녔다. 잘 숨는 곳부터 아무도 숨지 않을 만한 이상한 곳까지.

무민은 베란다 탁자 아래에 숨어 조금 걱정스러워하고

있었다. 베란다 탁자는 숨기 적당한 곳이 아니라는 느낌이 들었기 때문이었다. 스니프는 당연히 탁자 덮개를 들추어 볼 테고, 그러면 무민은 스니프에게 붙잡히고 말 터였다. 무민은 주위를 이리저리 둘러보다가 구석에 놓인 길쭉한 검은색 모자를 발견했다.

기발한 생각이 떠올랐다! 스니프는 절대로 모자를 들추지 않을 것이었다. 무민은 아무 소리도 내지 않고 재빨리 구석으로 기어가 모자를 머리에 뒤집어썼다. 모자는 무민의 배까지만 가렸지만, 몸을 최대한 웅크리고 꼬리를 말아 넣으면 눈에 띄지 않을 게 분명했다.

다른 친구들이 차례차례 잡히는 소리가 들리자, 무민은 혼자서 킥킥댔다. 듣자 하니 헤물렌은 더 나은 곳을 찾지 못하고 또 소파 아래에 숨어든 것 같았다. 이제 친구들은 모두 뛰어다니며 무민을 찾고 있었다.

무민은 친구들이 자신을 찾다 지쳐 포기할까 봐 걱정스러워질 때까지 기다렸다가 모자에서 기어 나와 문틈에 머리를 들이밀며 말했다.

"까꿍!"

스니프가 오랫동안 무민을 노려보고는 쌀쌀맞게 말했다.

"저 꼴 좀 봐."

스노크메이든이 속삭였다.

"누구지?"

다른 친구들은 고개를 저으며 무민을 계속 노려보았다.

불쌍한 무민! 무민은 마법사의 모자 속에 있다가 괴상망측한 동물로 변해 버렸다. 둥글둥글한 부분은 모두 홀쭉해졌고, 작은 부분은 모두 큼지막해졌다. 무엇보다 괴상망측한 일은 무민은 자신이 어떻게 변했는지 보이지 않는다는 점이었다.

무민이 길고 가는 다리로 휘청거리며 앞으로 한 걸음 내디뎠다.

"자, 다들 깜짝 놀랐지. 내가 어디 숨었는지 감도 못 잡았지!"

스노크가 말했다.

"우린 그런 거 관심 없어. 그나저나 너 정말 누가 봐도 놀랄 만큼 괴상하게 생겼다."

무민이 섭섭하다는 듯 웅얼거렸다.

"날 아무리 오랫동안 찾았어도 그렇지, 뭘 그렇게 쌀쌀맞게 굴어. 우리 이제 뭐 할까?"

스노크메이든이 뻣뻣하게 말했다.

"먼저 네 소개부터 해. 우리는 네가 누군지 모르니까."

무민은 깜짝 놀라 스노크메이든을 쳐다보았지만, 불현듯이 상황이 새로운 놀이일지도 모르겠다는 생각이 들었다.

무민은 신이 나서 웃으며 말했다.
"나는 캘리포니아의 왕이니라!"
스노크메이든이 말했다.
"나는 스노크의 여동생이야. 이쪽이 우리 오빠고."
스니프가 말했다.
"나는 스니프."
스너프킨이 말했다.
"나는 스너프킨."
무민이 말했다.
"아, 정말. 다들 너무 식상하잖아. 더 기발한 것 좀 생각하지 그랬어! 이제 나가자. 날이 개는 것 같아."

무민은 계단을 성큼성큼 걸어 내려가 밖으로 나갔고, 나머지 친구들은 무척 놀라고 꽤 의심스러워하면서 무민을 뒤따라갔다.

바깥에 앉아 해바라기 꽃술을 세던 헤물렌이 물었다.
"쟤는 누구야?"
스노크메이든이 미심쩍게 대답했다.
"캘리포니아의 왕이래."
헤물렌이 물었다.
"여기에서 살겠대?"
스니프가 말했다.

"그건 무민이 결정할 문제야. 그나저나 무민은 도대체 어딜 갔나 몰라."

무민이 웃음을 터뜨렸다.

"스니프, 너는 가끔 진짜 재미있다니까. 우리가 무민을 찾아보자!"

스너프킨이 물었다.

"무민을 알아?"

무민이 말했다.

"뭐, 그렇다고 말할 수 있지! 사실 꽤 잘 알아!"

새로운 놀이에 흠뻑 빠져든 무민은 자신이 놀이를 아주 훌륭하게 잘하고 있다고 생각했다.

스노크메이든이 물었다.

"무민을 언제 알게 됐는데?"

"우리는 한 날 한 시에 태어났어."

무민은 이렇게 대답하고는 웃음을 터뜨릴 뻔했다.

"하지만 걔가 진짜 못 말리는 말썽쟁이라는 걸 알아야 해! 방에 가구라도 있으면 가만두지 못할 테니까!"

스노크메이든이 화나서 거칠게 말했다.

"참내, 너 무민을 그런 식으로 말하지 마. 걔는 세상에서 가장 훌륭한 무민이고, 우리는 무민을 정말 좋아한단 말이야!"

무민은 얼빠진 목소리로 말했다.

"정말이야? 난 무민이 진짜 고약한 애라고 생각하는데."

그러자 스노크메이든이 울음을 터뜨렸다.

스노크가 험악하게 말했다.

"저리 가. 안 그럼 우리가 널 두들겨 패 버릴 테니까!"

무민이 깜짝 놀라 말했다.

"알았어, 알았어. 이건 그냥 장난이잖아! 아무튼 너희가 날 그렇게나 좋아해 주다니 기뻐."

스니프가 소리쳤다.

"우리는 기쁘지 않거든! 너! 우리 무민을 헐뜯는 흉측한 왕을 몰아내 주마!"

그러자 모두 한꺼번에 불쌍한 무민에게 덤벼들었다. 무민은 정말이지 너무 놀란 나머지 막아낼 겨를도 없었고, 화가 치밀어 올랐을 때는 이미 때를 놓친 뒤였다. 무민은 소리 지르며 뒤엉켜 때리는 팔과 꼬리와 발에 깔려 버렸다.

무민마마가 계단으로 나와 소리쳤다.

"이게 다 무슨 일이야! 그만들 싸워!"

스노크메이든이 흐느껴 울며 말했다.

"캘리포니아의 왕을 두들겨 패는 중이에요! 그럴 만도 하거든요."

무민은 기진맥진해서 화를 내며 기어 나와 소리쳤다.

"엄마! 쟤들이 먼저 시작했어요! 3대1로요. 이건 반칙이에요!"

무민마마가 진지하게 말했다.

"그랬구나. 하지만 네가 아이들을 약 올렸겠지. 그런데 꼬마야, 너는 누구니?"

무민이 뺙 소리를 질렀다.

"이런 바보 같은 놀이는 이제 그만둬요. 눈곱만큼도 재미없다고요. 나는 무민이고요. 계단에 서 있는 건 우리 엄마예요. 이상, 끝!"

스노크메이든이 깔보듯 말했다.

"넌 무민이 아니야. 무민은 귀가 작고 예쁜데, 네 귀는 냄비 손잡이 같잖아!"

그 말에 어리둥절한 무민은 엄청나게 크고 주름이 자글자글한 두 귀를 만져 보았다. 그러고는 절망적으로 소리를 질렀다.

"하지만 난 무민이야! 나 못 믿어?"

스노크가 말했다.

"무민은 작고 앙증맞은 꼬리가 있는데, 네 꼬리는 병 닦는 솔처럼 생겼어."

이럴 수가, 그 말은 진짜였다! 무민은 떨리는 손으로 엉덩이를 더듬었다.

스니프가 말했다.

"네 눈은 접시 같아. 무민 눈은 작고 상냥한데!"

스너프킨이 거들었다.

"맞아."

헤물렌이 단정 짓듯 말했다.

"너는 사기꾼이야!"

무민이 소리쳤다.

"아무도 날 믿어 주지 않다니! 엄마, 저 좀 자세히 보세요. 그럼 틀림없이 아들을 알아볼 수 있을 거예요!"

무민마마가 유심히 바라보았다. 겁에 질린 무민의 왕방울만 한 눈을 아주 오랫동안 들여다본 무민마마가 조용히 입을 열었다.

"그래, 무민이구나."

그 순간 무민의 모습이 변하기 시작했다. 눈과 귀와 꼬리가 홀쭉해졌고, 코와 배가 큼지막해졌다. 그리고 무민은 모두의 눈앞에 전과 다름없는 모습으로 온전히 서 있었다.

무민마마가 말했다.

"엄마 품으로 오렴. 무슨 일이 있더라도 엄마는 언제나 우리 꼬맹이를 알아볼 수 있단다."

시간이 조금 지난 뒤, 무민과 스노크는 둘만의 비밀 장소인 초록빛 둥근 잎이 동굴처럼 우거진 재스민 덤불 아래에 앉아 있었다.

스노크가 말했다.

"그래. 하지만 분명히 누군가가 널 변신시켰어."

무민은 고개를 저으며 말했다.

"이상한 낌새는 못 느꼈는데. 이상한 걸 먹거나 위험한 말도 하지 않았고."

스노크가 곰곰이 생각하더니 말했다.

"우연히 마법의 고리 속으로 들어갔을지도 몰라."

무민이 말했다.

"그런 것 같지 않은데. 난 우리가 쓰레기통으로 쓰는 검은색 모자 속에 계속 숨어 있기만 했어."

스노크가 수상쩍다는 듯이 물었다.

"모자 속에?"

무민이 말했다.

"응."

무민과 스노크는 잠깐 더 곰곰이 생각했다. 그러더니 둘이 동시에 서로를 돌아보며 소리쳤다.

"틀림없이……!"

스노크가 말했다.

"가자!"

무민과 스노크는 베란다로 올라가서 아주 조심스럽게 모자에 다가갔다.

스노크가 말했다.

"꽤 평범해 보이는 모자인데. 물론 길쭉한 모자를 독특하다고 생각하지만 않는다면."

무민이 물었다.

"하지만 우리가 어떻게 이 모자가 이상한지 평범한지 알아내지? 난 두 번 다시 모자 속으로 기어 들어가지는 않을 거야!"

스노크가 곰곰이 생각하더니 말했다.

"다른 누군가가 저 안에 들어가게 꾀면 돼."

무민이 말했다.

"하지만 그건 너무 비열한 짓이야. 저 안에 들어갔다 나와서 제 모습을 되찾지 못할지도 모르는데!"

스노크가 의견을 내놓았다.

"적을 데려오자."

무민이 말했다.

"흠. 누가 있지?"

스노크가 대답했다.

"진창 속에 사는 큰 쥐."

무민은 고개를 내저었다.

"그 쥐는 꾈 방법이 없어."

스노크가 또 다른 의견을 내놓았다.

"음, 그럼 개미귀신?"

무민이 말했다.

"그거 괜찮겠다. 개미귀신이 엄마를 구덩이 속으로 잡아끌어서는 눈에 모래를 뿌린 적도 있으니까."

무민과 스노크는 커다란 단지를 들고 개미귀신을 찾아 나섰다. 개미귀신의 간교한 구덩이는 바닷가 모래밭에 있기 때문에 둘은 바닷가로 내려갔다. 스노크가 커다랗고 둥근 구덩이를 발견해 무민에게 힘찬 신호를 보내기까지는 오랜 시간이 걸리지 않았다.

스노크가 속삭였다.

"여기 있어! 그런데 뭐라고 속여야 개미귀신이 단지 속으로 들어가지?"

무민도 덩달아 속삭였다.

"내가 해 볼게."

그러더니 무민은 단지를 주둥이만 위로 살짝 나오게 모래밭에 묻었다. 그다음 고래고래 소리를 질렀다.

"개미귀신은 비실비실하고 보잘것없어!"

무민은 스노크에게 몸짓으로 신호를 보냈고, 둘 다 기대에 부풀어 구덩이를 들여다보았다. 아래로 모래가 흘러내리기는 했지만 아무것도 나오지는 않았다.

무민이 다시 소리쳤다.

"엄청 비실비실해! 그래서 개미귀신은 모래 속을 파고들려면 시간이 엄청 오래 걸릴걸!"

스노크가 미심쩍게 말했다.

"그렇긴 하지만……."

무민이 귀로 힘껏 신호를 보내며 말했다.

"그래, 엄청 오래 걸리겠지!"

바로 그때 모래 구덩이에서 눈을 부라리는 험상궂은 머리가 불쑥 솟구쳐 올라왔다.

개미귀신이 쉭쉭거렸다.

"비실비실하다니! 나는 더도 덜도 말고 3초 안에 모래 속을 파고들 수 있어!"

무민이 비웃듯이 말했다.

"우리가 직접 봐야 믿을 수 있겠는데."

개미귀신은 화가 나서 말했다.

"너희한테 모래를 뿌려 주마. 너희를 내 구덩이 속에서 찢어발긴 다음 먹어치울 테다."

스노크가 겁에 질려 대답했다.

"세상에, 안 돼."

그렇지만 무민은 단지가 묻힌 곳을 가리키며 말했다.

"3초 안에 모래 속을 파고드는지 어디 한번 보자! 잘 보이게 이 위에서 해 봐."

개미귀신이 비웃었다.

"내가 꼬맹이들한테 재주를 보여 주겠다고 안간힘을 쓸 것처럼 보이냐."

그러나 무민과 스노크의 꾐에 빠진 개미귀신은 자신이 얼마나 힘세고 날렵한지 보여 주고 싶어졌다. 가소롭다는 듯 콧방귀를 뀌며 구덩이를 빠져나온 개미귀신은 거만한 목소리로 물었다.

"자, 어디에서 파고들어 볼까?"

무민이 가리키며 말했다.

"여기."

개미귀신은 어깨를 들썩이며 무시무시한 갈기를 곤두세웠다.

개미귀신이 소리를 질렀다.

"조심해라! 내가 지금은 땅속으로 들어가지만, 돌아 나오면 너희를 먹어치워 주마! 하나, 둘, 셋!"

개미귀신은 빙빙 도는 프로펠러처럼 모래 속으로, 개미귀신의 발밑에 숨겨 두었던 단지 속으로 곧장 파고들었다. 3초 아니, 2초 하고도 반밖에 걸리지 않았는데, 개미귀신은 정말이지 화가 많이 났기 때문이었다.

무민이 소리쳤다.

"빨리 뚜껑을 닫아야 해!"

무민과 스노크는 모래를 쓸어내고는 단지 뚜껑을 힘껏 돌려 닫았다. 그러고 나서 둘은 힘을 모아 단지를 집 쪽으로 굴리기 시작했다. 개미귀신은 단지 안에서 고래고래 소리를 질렀지만 그 목소리는 모래에 묻혀 버렸다.

스노크가 말했다.

"개미귀신이 화를 너무 많이 내서 무서워. 녀석이 밖으로 나오면 어떤 일이 일어날지 상상도 하고 싶지 않아!"

무민이 침착하게 말했다.

"개미귀신은 못 나와. 그리고 나오게 되면 형편없는 걸로 변해 버린 다음이면 좋겠어!"

무민 가족의 집에 도착했을 때, 무민은 입에 두 손가락을 넣고 휘파람을 길게 세 번 불어서 (어마어마한 일이 일어났다는 뜻이다.) 친구들을 불러 모았다.

여기저기 흩어져 있던 친구들이 뚜껑이 닫힌 단지 주위로 모여들었다.

스니프가 물었다.

"그 안에 뭐가 들었어?"

무민이 자랑스럽게 말했다.

"개미귀신. 우리가 잔뜩 화난 개미귀신을 잡았어!"

스노크메이든이 감탄했다.

"세상에, 그렇게 용기 있다니."

스노크가 말했다.

"그리고 이제 개미귀신을 모자 속에 부어 넣을 거야."

무민이 말했다.

"개미귀신이 나처럼 안경원숭이로 변하게 말이지."

헤물렌이 말했다.

"이해가 되게 제대로 말해 봐."

무민이 설명했다.

"내가 이 모자 속에 숨어서 모습이 변했던 거야. 우리가 그 사실을 알아냈지. 이제 개미귀신도 모습이 변하는지만 확인해 보면 돼."

스니프가 소리를 질렀다.

"하지만 개미귀신이 어떤 걸로 변할지 모르잖아! 개미귀신이 개미귀신보다 훨씬 더 위험한 걸로 변해서 우리를 몽땅 잡아먹어 버리면 어떡해!"

그 말에 모두 겁에 질려 잠깐 동안 아무 말 없이 개미귀신이 들어 있는 단지를 쳐다보며 그 속에서 새어 나오는 나직한 소리를 듣고 서 있었다.

스노크메이든은 걱정으로 온몸이 새하얘져서 말했다.*

"어머, 어떡해."

스너프킨이 말했다.

"개미귀신이 변하는 동안 모자 위에 두꺼운 책을 올려놓고 우리는 탁자 밑에 숨어 있자. 뭔가 새로운 걸 시도하려면 위험은 무릅써야 하는 법이지! 지금 당장 단지를 뒤집어엎어!"

스니프는 탁자 밑으로 들어가 숨었다. 무민과 스너프킨과 헤물렌이 단지를 거꾸로 들고 마법사의 모자 위로 가져가자 스노크메이든이 바들바들 떨며 단지 뚜껑을 돌려서 열었다. 모래 구름이 일며 개미귀신이 모자 속으로 떨어지자마자 스노크가 외국어 만물 사전을 번개처럼 모자 위에 올려놓았다. 그다음 모두 탁자 밑으로 달려가 숨었다. 아무 일도 일어나지 않았다.

스니프가 말했다.

---

* 스노크 종족은 감정에 따라 몸의 색깔이 바뀌곤 한다.―지은이

"쓸데없는 짓을 했잖아."

바로 그때, 외국어 사전이 구겨지기 시작했다. 스니프는 너무 흥분한 나머지 헤물렌의 엄지손가락을 깨물었다.

화가 난 헤물렌이 말했다.

"조심 좀 해. 네가 깨문 건 내 엄지손가락이라고!"

스니프가 말했다.

"이런, 미안. 내 손가락인 줄 알았어!"

사전이 점점 더 구겨졌다. 종이 한 장 한 장이 시든 잎처럼 변해 갔다. 구겨진 종이 사이에서 외국어 낱말들이 기어 나와 바닥을 돌아다니기 시작했다.

무민이 말했다.

"끔찍한 일이 일어났어!"

그러나 끔찍한 일은 또 일어났다. 모자챙에서 물방울이 떨어지기 시작했다. 물이 흘러나왔다. 물이 양탄자 위로 강물처럼 콸콸 쏟아지는 바람에 외국어 낱말들은 겁을 먹고 벽 쪽으로 피했다.

스너프킨이 실망스럽게 말했다.

"개미귀신은 그냥 물이 됐군."

스노크가 속삭였다.

"물로 변한 건 모래 같아. 조금만 더 기다리면 개미귀신이 나올 거야."

 모두 다시금 참기 어려운 긴장감을 안고 기다렸다. 스노크메이든은 무민의 품에 머리를 파묻었고, 스니프는 겁에 질려 끽끽거리며 울었다. 그때 갑자기 모자챙 위로 세상에서 가장 작은 고슴도치가 나타났다. 흠뻑 젖은 털이 잔뜩 헝클어진 고슴도치는 허공을 향해 코를 킁킁거리며 눈을 깜박였다.

 잠깐 동안 모두 숨죽인 채 쳐다보았다. 갑자기 스너프킨이 웃기 시작했다. 스너프킨이 잠깐 웃음을 멈추었을 때, 다른 친구들이 웃음을 터뜨렸다. 모두 웃겨 죽겠다는 듯 집이 떠나가라 웃으며 탁자 밑을 데굴데굴 굴렀다. 헤물렌만 함께 웃지 않았다. 헤물렌은 놀라서 친구들을 쳐다보며 말했다.

 "개미귀신이 변할 줄 알고 있었잖아! 그런데 왜 그렇게 난리법석을 떠는지 도대체 이해를 못하겠네."

그사이 작은 고슴도치는 침통하고도 조금은 서글픈 표정으로 문 쪽으로 무거운 발걸음을 옮기더니 계단을 내려갔다. 물은 이제 더는 흘러나오지 않았지만 베란다 바닥은 이미 호수 같았다. 천장에는 외국어 낱말들이 다닥다닥 붙어 있었다.

모자 때문에 일어난 일을 하나도 빠짐없이 모두 들은 무민마마와 무민파파는 무척 심각하게 받아들여 마법사의 모자를 없애기로 결정했다. 그래서 모자를 강으로 살살 굴려서는 물속에 빠뜨렸다. 모두 한동안 떠내려가는 모자를 바라보며 서 있었다.

무민마마가 말했다.

"그래서 구름이랑 안경원숭이가 나타났었구나."

무민은 조금 풀이 죽어 말했다.

"그래도 구름은 재미있었어요. 구름을 더 갖고 놀 수 있었을 텐데!"

무민마마가 말했다.

"암, 물난리도 더 나고, 외국어 낱말들도 더 늘어났겠지. 베란다 꼴 좀 보렴! 게다가 그 작은 녀석들을 어떻게 떼어내야 할지 통 모르겠단다. 사방팔방 돌아다니며 온 집을 엉망으로 만들고 있어!"

무민은 고집스럽게 웅얼거렸다.
"어쨌든 구름은 재미있었는데."

밤이 되었지만 무민은 잠들지 못했다. 무민은 쓸쓸한 울음소리와 살금살금 걷는 발걸음 소리와 춤추는 소리로 가득한 밝은 유월 밤하늘을 바라보며 누워 있었다. 꽃향기가 향기로웠다.

스너프킨은 아직 집에 돌아오지 않았다. 이런 밤이면 스너프킨은 혼자 하모니카를 불면서 거닐고는 했다. 그러나 오늘 밤에는 노랫소리가 전혀 들리지 않았다. 탐험에 나섰는지도 모를 일이었다. 조금만 더 지나면 스너프킨은 집 밖에서 자겠다며 강가에 천막을 칠 터였다……. 무민은 한숨을 내쉬었다. 무민은 무엇 때문에 슬픈지도 깨닫지 못한 채 그냥 슬퍼졌다.

바로 그때, 창문 아래에서 희미한 휘파람 소리가 들려왔다. 무민은 기쁨에 쿵쿵 뛰는 가슴으로 살금살금 창문으로 다가가 밖을 내다보았다. 이번 휘파람은 '비밀!'이라는 뜻이었다. 스너프킨이 줄사다리 아래에서 기다리고 있었다.

무민이 잔디밭에 내려서자, 스너프킨이 속삭였다.
"비밀 하나 지킬 자신 있어?"

무민이 힘차게 고개를 끄덕였다.

스너프킨은 몸을 앞으로 숙이더니 더 길게 속삭였다.

"모자가 강 하류 모래톱으로 떠내려갔어."

무민의 눈이 빛나기 시작했다.

스너프킨이 눈썹을 치켜 올리며 물었다.

"가서 가져올까?"

무민은 꼬리를 살짝 흔들며 대답했다.

"좋아!"

무민과 스너프킨의 그림자가 이슬 내린 정원을 살금살금 지나 강으로 내려갔다.

스너프킨이 나지막하게 말했다.

"이쪽에는 물굽이가 두 군데 있어. 우리가 모자를 꼭 건져 내야 해. 모자에서 흘러나오는 물이 다 빨갛게 변하니까. 저 멀리 강 하류에 사는 이들이 끔찍한 물 색깔 때문에 겁먹을지도 몰라."

무민이 말했다.

"거기까지는 미처 생각을 못 했어."

무민은 한밤중에 스너프킨과 걷고 있자니 기쁘고 자랑스러웠다. 스너프킨은 이제껏 늘 혼자 밤길을 다녔기 때문이었다.

스너프킨이 말했다.

"여기 어디 있을 거야. 물속에 거무스레한 띠가 생기고 있잖아. 보여?"

어스름 속에서 비틀거리며 걷던 무민이 대답했다.

"잘 안 보여. 나는 너처럼 밤눈이 밝지 않아."

스너프킨은 강을 바라보며 서서 곰곰이 생각하더니 말했다.

"어떻게 해야 모자를 건질 수 있을지 모르겠네. 너희 아빠한테 배 한 척 없다니, 정말 안타깝다."

무민이 망설이다 말했다.

"물이 너무 차갑지만 않으면 내가 수영해서 가면 돼."

스너프킨이 못 믿겠다는 듯이 말했다.

"그럴 용기가 안 날 텐데."

그러자 갑자기 마음속에 용기가 차오른 무민이 소리쳤다.

"할 수 있어. 어느 쪽이야?"

스너프킨이 말했다.

"저쪽 비스듬히. 조금만 더 가면 모래톱에 닿을 거야. 모자 속에 발이 들어가지 않게 조심해. 모자 끄트머리를 붙잡아."

무민은 여름이라 따뜻한 물속으로 미끄러지듯 들어가 헤엄치기 시작했다. 거센 물살 때문에 무민은 잠깐 동안 조금 불안했다. 곧이어 모래톱과 검은 물체가 보였다. 무

민이 꼬리를 흔들어 조금 더 가까이 다가가자 곧바로 발에 모래가 닿았다.

스너프킨이 강가에서 소리쳤다.

"괜찮아?"

무민은 모래톱에 올라서며 대답했다.

"괜찮아!"

모자 속에서 소용돌이치며 강으로 번져 나오는 거무스레한 띠가 무민의 눈에 들어왔다. 강물이 빨갛게 변하고 있었다. 무민은 빨갛게 변한 강물을 한 손으로 떠서 조심스럽게 핥아 보았다.

무민이 중얼거렸다.

"엄청난데. 주스잖아! 모자에 물을 채우기만 하면 주스를 원하는 만큼 얼마든지 얻을 수 있다니!"

스너프킨이 걱정스럽게 소리쳤다.

"무민, 모자 찾았어?"

"갈게!"

무민은 이렇게 대답하고는 꼬리에 마법사의 모자를 단단히 동여매고 다시 물속으로 들어가 강을 헤엄쳐 건넜다. 무거운 모자를 끌고 물살을 가르고 헤엄치기란 쉽지 않은 일이어서, 무민이 강가로 올라왔을 때는 녹초가 되었다.

무민은 숨을 헐떡이며 자랑스럽게 말했다.

"여기 있어."

스너프킨이 말했다.

"좋아. 그나저나 모자를 어디에 두지?"

무민이 말했다.

"우리 집에는 안 돼. 정원에도 안 되고. 누가 찾을지도 몰라."

스너프킨이 곰곰이 생각하더니 입을 열었다.

"동굴은 어떨까?"

무민이 말했다.

"그럼 스니프한테 비밀을 털어놓아야 해. 거긴 스니프 동굴이니까."

스너프킨이 머뭇거리며 말했다.

"그건 그렇지. 하지만 스니프는 이렇게 커다란 비밀을 지키기에는 너무 어려."

무민이 진지하게 말했다.

"맞아. 있지, 나 엄마 아빠한테 말할 수 없는 일을 한 건 이번이 처음이야."

스너프킨은 모자를 안아 들고 강을 따라 되짚어 걷기 시작했다. 무민과 스너프킨이 다리에 도착했을 때, 스너프킨은 갑자기 걸음을 멈추었다.

무민이 걱정스럽게 속삭였다.

"무슨 일이야?"

스너프킨이 소리쳤다.

"카나리아야! 저쪽 다리 난간에 노랑 카나리아 세 마리가 앉아 있어. 한밤중 바깥에서 카나리아를 보게 되다니, 별일이네."

가장 가까이 있던 새가 짹짹거렸다.

"나는 카나리아가 아니야. 로치*라고!"

옆에 있던 친구가 짹짹거렸다.

"우리 셋 다 품위 있는 물고기거든!"

스너프킨이 고개를 저으며 말했다.

"저것도 다 모자가 한 짓이네. 작은 물고기 세 마리가 모자 안으로 헤엄쳐 들어가는 바람에 저렇게 변해 버렸나 봐. 자, 곧장 동굴로 가서 모자를 숨기자!"

숲 속을 걸어가는 동안 무민은 스너프킨의 뒤를 바짝 따라붙었다. 길 양옆에서 바스락거리는 소리와 또각거리는 소리가 들려 조금 소름끼쳤다. 가끔은 나무줄기 뒤에서 빛나는 작은 눈들이 노려보기도 했고, 또 가끔은 땅바닥이나 우듬지에서 누군가 크게 소리치기도 했다.

무민 바로 등 뒤에서 목소리가 들렸다.

---

* **로치**(roach)_ 잉엇과의 물고기. 눈이 붉고, 지느러미가 붉은빛을 띠는 짙은 회색이다.—옮긴이

"멋진 밤이야!"

무민은 용감하게 대답했다.

"그래, 멋져!"

그러자 작은 그림자 하나가 어둠 속에서 무민을 휙 스쳐 지나갔다.

바닷가는 좀 더 밝았다. 파르스름하게 어른거리는 수면이 하늘과 하나가 되었다. 저 멀리서 새 한 마리가 짝을 찾아 지저귀는 쓸쓸한 소리가 들려왔다. 어느새 아침이 밝아 오고 있었다. 스너프킨과 무민은 마법사의 모자 속에 아무것도 빠지지 못하도록 동굴 가장 구석진 곳 깊숙이에 똑바로 세워 놓았다.

스너프킨이 말했다.

"이렇게 해 두는 편이 최선이겠지. 그리고 한번 상상해 봐. 우리가 작은 구름들을 돌려받으면 얼마나 멋지겠어!"

동굴 입구에 서서 새벽 풍경을 바라보던 무민이 말했다.

"그래, 맞아! 지금 이 순간보다 더 멋질지는 모르겠지만……"

세 번째 이야기

*사향뒤쥐가 두메로 돌아가 말 못 할 일을 겪고,
모험호가 무민 가족을 해티패티들의 외딴섬으로 데려가고,
헤물렌이 불타 버릴 뻔하고, 폭풍우가 무민 가족을 덮치다*

다음 날 아침, 사향뒤쥐가 여느 때처럼 만사의 불필요함을 읽으려고 책을 들고 그물침대에 눕자마자 줄이 끊어져 땅에 털썩 떨어져 버렸다.

사향뒤쥐가 그물침대에서 빠져나오며 말했다.

"용납할 수가 없군!"

담배 모종에 물을 주던 무민파파가 말했다.

"거참 유감입니다. 어디 다치지는 않으셨습니까?"

사향뒤쥐는 콧수염을 잡아당기며 침울하게 말했다.

"부상은 입지 않았소이다. 지구도 자신이 원하면 쪼개질 수 있겠소만, 그 일이 내 평정을 깨뜨리지는 못하오. 허나 나는 수치스러운 상황에 빠지는 일은 좋아하지 않소. 이는 부적절하오!"

무민파파가 반박하고 나섰다.

"하지만 저밖에 못 봤습니다만."

사향뒤쥐가 말했다.

"그만하면 충분히 불쾌하오! 그대의 집에 머무는 동안 수치스러운 상황에 빠진 일이 적지 않았소. 이를테면 작년에 혜성이 나한테 떨어지지 않았소. 이는 괘념치 않소. 허나 그대들이 기억하다시피, 내가 그대 부인의 초콜릿 케이크 위에 앉지 않았소! 내 위신으로는 심히 수치스러운 상황이었소이다! 그 뒤로 누가 내 침대에 털 빗는 솔을 넣어두는 어리석은 장난까지 쳤소. 이는 말할 것도 없이……"

마음 상한 무민파파가 말을 끊었다.

"압니다, 알아요. 하지만 여기는 조용한 집이 아닙니다. 그물침대 줄이라는 건 세월이 지나면 가늘어지게 마련이고……"

사향뒤쥐가 말했다.

"줄은 그래서는 아니 되오. 물론 스스로 목숨을 끊었다면 괘념치 않겠소만. 허나 다른 이들이 보았다면 어떠했겠소? 그러니 이제 나는 만사를 등지고 두메로 떠나 고독과 평정 속에서 살아갈 작정이외다."

무민파파가 감격스러워하며 물었다.

"저런. 어디로 가십니까?"

사향뒤쥐가 말했다.

"동굴이오. 그곳에 어리석은 장난으로 내 사색을 방해할 이는 아무도 없소. 그대들은 하루에 두 차례 음식을 가져오면 되오. 그러나 10시 전에는 아니 되오."

무민파파가 고분고분하게 말했다.

"좋습니다. 가구도 옮겨다 드릴까요?"

사향뒤쥐가 마음이 조금 누그러져 말했다.

"그래도 좋겠소이다. 그러나 아주 간소한 가구만 옮겨 주시오. 그대들의 행동에 나쁜 의도가 없음은 이해하오만, 내 인내심도 한계에 다다랐소이다."

그러더니 사향뒤쥐는 책과 담요를 들고 경사진 길을 느릿느릿 올라갔다. 무민파파는 혼자 잠깐 동안 한숨을 내쉬고는, 다시 담배 모종에 물을 주며 머리를 비웠다.

동굴에 들어서자 사향뒤쥐는 마음이 편안해졌다. 그래서 곧장 모래 바닥에 담요를 깔고 앉아 사색에 잠겼다. 두

시간 동안 계속 사색에 잠겨 있었다. 온 세상이 고요하고 평화로웠으며, 동굴 천장 틈새로 햇볕이 사향뒤쥐의 고독한 은신처를 부드럽게 비쳐들었다. 햇살이 옆으로 조금 비껴나면 사향뒤쥐도 조금씩 자리를 옮겼다.

사향뒤쥐는 생각했다.

'여기에서 영원히 지내리라, 영원히. 사방을 뛰어다니며 떠들고, 집 짓고, 요리하고, 소유물을 수집하는 일이란 얼

마나 부질없는가!'

사향뒤쥐가 새 집을 흡족하게 돌아보았을 때, 무민과 스너프킨이 구석진 곳 깊숙이 숨겨 두었던 마법사의 모자가 눈에 띄었다.

사향뒤쥐가 혼잣말했다.

"쓰레기통이로군. 그래, 쓰레기통이 있었어. 흠, 쓰레기통은 언제나 요긴한 법이지."

사향뒤쥐는 조금 더 생각에 잠겼다가 잠깐 눈을 붙이기로 했다. 담요를 몸에 둘둘 만 사향뒤쥐는 모래가 묻지 않도록 모자 속에 틀니를 넣었다. 그러고 나서 그는 편안한 마음으로 행복하게 잠들었다.

무민 가족의 집에서는 아침 식사로 팬케이크를 준비해서 모두 크고 노릇노릇한 팬케이크에 산딸기 잼을 발라 먹었다. 어제 먹고 남은 죽도 있었지만, 아무도 먹고 싶어 하지 않아서 죽은 내일 먹을거리로 아껴 두었다.

무민마마가 말했다.

"오늘은 색다른 일을 하고 싶구나. 우리가 그 끔찍한 모자를 없앤 일도 축하해야지. 늘 한 곳에만 앉아 있으면 서글퍼지기도 하고 말이야."

무민파파가 거들었다.

"맞는 말이에요! 어디로든 소풍을 가자꾸나. 어때?"

헤물렌이 말했다.

"우리는 이미 안 가 본 데가 없잖아요. 새로운 데가 없다고요!"

무민파파가 말했다.

"그래도 틀림없이 새로운 곳이 있겠지. 행여나 새로운 곳이 없으면 우리가 만들면 되고. 얘들아, 이제 그만 먹으렴. 음식은 싸 가자꾸나."

스니프가 물었다.

"입에 든 건 삼켜도 돼요?"

무민마마가 말했다.

"바보 같이 굴지 말고. 얼른 너희가 가져갈 짐을 챙기렴. 아빠는 당장 출발하고 싶어 하실 테니까. 하지만 필요 없는 물건은 두고 가자꾸나. 우리가 어디 갔는지 알 수 있게 사향뒤쥐 아저씨한테 편지를 남겨야겠구나."

무민파파가 이마를 치면서 소리쳤다.

"세상에! 까맣게 잊어버리다니! 동굴에 있는 사향뒤쥐 선생에게 먹을 것과 가구를 가져다줘야 하는데!"

무민과 스너프킨이 동시에 소리를 질렀다.

"동굴에요?"

무민파파가 말했다.

"그래. 그물침대 줄이 끊어졌단다. 그러고 나니까 사향뒤쥐 선생이 여기에서 더는 사색을 못 하겠으니 만사를 등지겠다고 하더구나. 그리고 동굴로 떠났지."

얼굴이 창백해진 무민과 스너프킨은 두려움이 가득 담긴 눈빛을 주고받았다.

'모자!'

둘은 이렇게 생각하고 있었다.

무민마마가 말했다.

"뭐, 그리 나쁜 일은 아니란다. 바닷가로 소풍을 가는 동시에 사향뒤쥐 아저씨에게 음식도 가져다주면 되지."

스니프가 투덜거렸다.

"바닷가는 새롭지가 않잖아요. 어디 다른 데 좀 가요!"

무민파파가 힘주어 말했다.

"그만 하렴! 엄마가 물놀이를 하고 싶으시다잖니. 이제 가자꾸나!"

무민마마가 짐을 꾸리려고 황급히 자리에서 일어났다.

무민마마는 담요, 냄비, 자작나무 껍질, 커피 주전자, 음식 많이, 선탠오일, 성냥과 간식거리를 몽땅 챙겼고, 그다음에는 우산, 두꺼운 옷, 배앓이 가루약, 거품기, 방석, 수영복, 식탁보와 가방을 챙겼다. 무민마마는 무엇을 빠뜨렸는지 곰곰이 생각하며 이리저리 돌아다니다가 끝내 입을 열었다.

"이제 다 됐다! 아, 바닷가에서 쉬면 얼마나 즐거울까!"

무민파파는 담뱃대와 낚싯대를 챙기고 물었다.

"준비 됐어요? 빠뜨린 건 없겠죠? 이제 떠납시다!"

모두 바닷가를 향해 길을 나섰다. 꽁무니에서 스니프가 작은 장난감 배 여섯 개를 질질 끌며 따라갔다.

무민이 스너프킨에게 속삭였다.

"사향뒤쥐 아저씨가 무슨 사고라도 쳤을까?"

스너프킨이 속삭이며 대답했다.

"아무 일 없었으면 좋겠어! 그렇지만 조금 불안한걸!"

바로 그때 모두 갑자기 걸음을 멈추는 바람에 헤물렌이 낚싯대에 눈을 찔릴 뻔했다.

무민마마가 깜짝 놀라 소리쳤다.

"지금 누가 소리를 지르는 거지?"

거센 울부짖음이 온 숲을 뒤흔들었다. 길 저쪽에서 누군가가 또는 무언가가 공포 또는 분노에 차서 으르렁대며 무민 가족과 친구들을 향해 달려오고 있었다.

무민파파가 소리쳤다.

"다들 숨어! 괴물이 오고 있어!"

그러나 모두 미처 피하기도 전에 사향뒤쥐가 눈에 쌍심지를 켜고 수염을 곧추세운 채 나타났다. 사향뒤쥐는 양팔을 높이 쳐들고 아무도 제대로 알아듣지 못한 말을 두

서없이 늘어놓았는데, 아무튼 무척 화가 났거나 겁에 질렸거나 겁에 질려서 화가 난 듯해 보였다. 그러더니 사향뒤쥐는 무민 골짜기를 향해 휘청거리며 걸어가 버렸다.

무민마마가 어안이 벙벙한 표정으로 말했다.

"사향뒤쥐 선생한테 무슨 일이 일어났을까? 항상 이루 말할 수 없이 차분하고 점잖은 양반인데!"

무민파파가 고개를 저으며 중얼거렸다.

"그물침대 줄이 끊어졌다고 저렇게 화를 내다니."

스니프가 말했다.

"우리가 먹을 것을 가져다주지 않아서 화났나 봐요. 그럼 이제 우리가 아저씨 것까지 먹어도 되겠다."

모두 걱정스러워하며 계속 바닷가로 걸어갔다. 그러나 무민과 스너프킨은 다른 가족들을 앞질러 슬그머니 지름길로 빠졌다.

스너프킨이 말했다.

"동굴 입구로 들어갈 용기가 안 나는걸. 동굴이 남아 있기나 하면 말이지만. 바위산으로 올라가서 지붕 틈새로 들여다보자."

무민과 스너프킨은 동굴 지붕 틈새를 향해 인디언처럼 조용히 바위산을 기어 올라갔다. 둘은 그보다 더 조심스러울 수 없이 아주 조심스럽게 동굴을 들여다보았다. 마법사의 모자가 있었지만, 속은 텅 비어 있었다. 사향뒤쥐가 덮었던 담요는 한쪽 구석에 나뒹굴고 있었고, 읽던 책은 다른 쪽 구석에 내동댕이쳐져 있었다. 동굴에는 아무도 없었다.

그러나 모래 바닥 여기저기에 이상한 발자국들이 찍혀 있었는데, 마치 누군가가 춤추며 껑충껑충 뛰어다니기라도 한 듯했다.

무민이 말했다.

"사향뒤쥐 아저씨 발자국이 아니야."

스너프킨이 말했다.

"저게 다 누구 발자국일까. 정말 희한해 보이는데."

무민과 스너프킨은 다시 바위 아래로 기어 내려가서, 겁먹은 눈으로 주위를 둘러보았다.

그러나 둘 앞에 위험한 것은 나타나지 않았다.

사향뒤쥐가 말하고 싶어 하지 않았기 때문에 무민과 스너프킨은 사향뒤쥐를 기겁하게 한 것이 무엇인지 끝내 알 수 없었다.*

그사이 다른 가족과 친구들은 바닷가에 다다랐다. 모두 물가에 한데 모여 서서 손짓하며 이야기하고 있었다.

---

* 사향뒤쥐의 틀니가 무엇으로 변했는지 궁금하면, 엄마에게 물어보면 된다. 엄마는 알고 있으리라.—지은이

스너프킨이 소리를 질렀다.

"배를 찾았나 봐! 자, 뛰어가서 보자!"

진짜였다. 정말이지 아주 커다란 범선이었다. 바깥 뱃전은 나무판을 겹쳐서 붙였고, 노와 어항도 있었으며, 흰색과 초록색으로 칠해져 있었다!

가족과 친구들 곁에 도착한 무민이 숨을 헐떡였다.

"이 배는 누구 거예요?"

무민파파가 의기양양하게 말했다.

"임자가 없어! 우리 바닷가로 올라온 배잖니. 바다가 우리한테 준 선물이지!"

스노크메이든이 소리쳤다.

"배에 이름을 붙여 주어야 해요! 티판호라고 부르면 정말 귀엽겠어요!"

스노크가 비웃으며 말했다.

"너나 티판호라고 불러. 내 제안은 흰꼬리수리호야."

헤물렌이 소리쳤다.

"아니야. 라틴어로 지어야 해. 무미나테스 마리티마호!"

스니프가 소리를 질렀다.

"내가 발견한 배거든! 그러니까 이름은 내가 지어야 해. 스니프호라고 하면 재미있지 않을까. 짧고 좋은데."

무민이 말했다.

"네 생각이 그렇다면 그렇게 해."

무민파파가 말했다.

"얘들아, 진정하렴! 진정, 진정해. 엄마가 이름을 지어야지. 엄마의 소풍이잖니."

무민마마는 빨개진 얼굴로 수줍게 말했다.

"당장 떠오르는 이름은 없는데! 스너프킨은 상상력이 뛰어나니까 이름을 더 잘 짓지 않을까."

우쭐해진 스너프킨이 말했다.

"음, 잘은 모르겠어요. 그렇지만 사실대로 말하자면, 처음부터 저는 의뭉스러운 늑대라는 이름이 꽤 멋지지 않을까 생각했어요."

무민이 소리쳤다.

"아니야! 엄마가 지어야 해."

무민마마가 말했다.

"그래, 얘들아. 너희가 나를 바보 같고 구식이라고 생각하지 않았으면 좋겠구나. 나는 우리가 앞으로 이 배를 타고 할 모든 일을 떠올릴 만한 이름이었으면 싶단다. 그래서 모험호가 어떨까 하는데."

무민이 소리쳤다.

"좋아요! 멋진데요! 그 이름으로 명명식을 해요! 엄마! 샴페인 같은 거 없어요?"

무민마마는 바구니를 모조리 뒤져 보고는 소리쳤다.
"어머, 이를 어쩌니! 주스를 깜빡하고 왔나 봐!"
무민파파가 말했다.
"아까 내가 짐 다 챙겼는지 물었잖아요."
모두 허탈해서 어쩔 줄을 몰랐다. 명명식을 제대로 치르지 않은 배로 항해하면 사고가 날 수도 있었다!
갑자기 좋은 생각이 떠오른 무민이 말했다.
"냄비 좀 주세요."
무민은 냄비에 바닷물을 채워 마법사의 모자가 있는 동굴로 가져갔다. 그리고 돌아온 무민은 모자 때문에 변한 바닷물을 무민파파에게 내밀며 말했다.
"맛 좀 보세요!"
무민파파는 한 모금 꿀꺽 마셔 보고는 흡족하게 물었다.

"무민, 이걸 어디에서 구해 왔니?"

무민이 대답했다.

"비밀이에요!"

이렇게 해서 가족들은 모자 때문에 변한 바닷물을 잼 단지에 채웠다. 무민마마가 자랑스럽게 선언하자, 다른 가족들이 범선 뱃머리에 단지를 쳐서 깨뜨렸다.

"이에 그대를 언제까지나 모험호로 명명합니다."

(무민들은 명명식 때 이런 표현을 쓴다.)

무민 가족과 친구들은 환호성을 지른 다음 바구니, 담요, 우산, 낚싯대, 방석, 냄비와 수영복을 손에서 손으로 옮겨 배에 싣고 초록빛 거친 바다로 나아갔다.

화창한 날이었다. 사실 아주 맑지는 않았고, 하늘에 옅은 안개가 드리워져 있었다. 모험호는 흰 돛을 팽팽하게 펼치고 수평선을 향해 쏜살같이 나아갔다. 물결은 뱃전을 쳤고, 바람은 노래 불렀으며, 바다 괴물과 인어들은 뱃머리 둘레에서 춤추었다.

스니프는 집에서 가져온 작은 배 여섯 척을 한 줄로 줄줄이 묶어 놓았는데, 이제 스니프의 작은 선단은 모험호가 지나간 물길을 따라 나아가고 있었다. 무민파파는 배를 몰았고, 무민마마는 앉아서 꾸벅꾸벅 졸았다. 무민마마가 이렇게 평온한 시간을 보내는 일도 드물었다. 배 위에는 커다란 흰 새들이 빙빙 돌며 날고 있었다.

스노크가 물었다.

"우리 어디로 가요?"

스노크메이든이 말했다.

"섬으로 가요! 작은 섬에는 한 번도 가 본 적이 없거든요!"

무민파파가 말했다.

"그럼 이제 가 보게 되겠구나. 맨 처음 보이는 섬에 내리자."

무민은 뱃머리 맨 끄트머리에 앉아 여울이 있나 살피고 있었다. 흰 콧수염 같은 물거품을 일며 모험호의 뱃머리가 가르고 지나는 초록빛 바다를 홀린 듯이 들여다보던 무민이 신나서 소리쳤다.

"야호! 우린 섬으로 간다!"

바다 저 멀리 암초와 넘나드는 파도에 둘러싸인 해티패티들의 외로운 섬이 있었다. 해티패티들은 세상을 끝없이 떠돌기 전에 해마다 한 차례씩 섬에 모였다. 해티패티들은 새하얀 작은 얼굴에 아무 표정도, 아무 말도 없이 엄숙하게 사방팔방에서 모여들었다. 해티패티들이 해마다 모이는 이유는 설명할 수 없는데, 해티패티들은 듣지도 말하지도 못하는 데다 자신들이 나아가는 머나먼 목적지 말고는 절대로 한눈을 팔지 않기 때문이다. 해티패티들은 어쩌면

이 섬을 좋아해서 집처럼 여기며 잠깐 쉬면서 친구들을 만나려는지도 모른다.

해티패티들은 해마다 유월에 모이기 때문에 무민 가족은 해티패티들과 거의 동시에 외로운 섬에 도착했다. 마치 잔치를 열기 위해 장식이라도 한 듯 넘나드는 흰 파도에 둘러싸이고 초록빛 나무들이 왕관처럼 뒤덮은 외로운 섬은 사나우면서도 매혹적인 자태로 바다에 솟아 있었다.

무민이 소리쳤다.

"저 앞에 육지가 보여요!"

모두 뱃전에 매달려 바라보았다.

스노크메이든이 소리쳤다.

"저기 모래밭이 있어요!"

무민파파가 암초 사이로 배를 솜씨 좋게 몰아 뭍으로 들어가며 소리쳤다.

"멋진 항구도 있구나!"

모험호는 부드럽게 모래톱에 닿았고, 무민은 배를 맬 밧줄을 들고 뭍으로 뛰어내렸다. 곧이어 바닷가는 활기 넘치고 분주하게 북적거렸다. 무민마마는 팬케이크를 데울 난로를 만드느라 돌을 줍고, 장작을 모으고, 모래밭에 식탁보를 펴고 바람에 날아가지 않게 귀퉁이마다 작은 돌을 하나씩 올려놓았다. 그러고는 잔을 모조리 꺼내 줄지어 세워 놓은 다음, 버터 단지를 바위 그늘 아래 축축한 모래에 파묻고, 마지막으로 식탁보로 만든 모래 식탁 한가운데에 바다 수선화 꽃다발을 놓았다.

무민마마의 일이 다 끝났을 때 무민이 물었다.

"저희가 도울 일 없어요?"

(모두 섬을 둘러보고 싶은 마음이 굴뚝같다는 사실을 알고 있던) 무민마마가 대답했다.

"너희는 가서 섬을 좀 둘러보려무나. 우리가 어떤 곳에 왔는지 알아야지. 위험한 곳일지도 모르니까."

무민이 말했다.

"맞아요."

무민은 스노크 남매와 스니프와 함께 남쪽 바닷가를 따라 출발했고, 혼자 다니기 좋아하는 스너프킨은 북쪽 바닷가를 따라 길을 나섰다. 헤물렌은 식물 채집용 삽과 초록색 채집 상자를 챙겨 곧장 숲으로 들어갔다. 숲 속에는 이제껏 아무도 발견하지 못한 기묘한 식물이 있을 것만 같았다.

무민파파는 낚시를 하려고 바위에 걸터앉았다. 태양은 오후를 향해 천천히 기어갔고, 저 멀리 바다 위는 짙은 구름 떼가 밀려들고 있었다.

섬 한가운데에는 꽃 덤불에 둘러싸인 평평한 빈터가 있

었다. 해티패티들이 해마다 하지 때 한 차례씩 모이는 비밀 장소가 바로 이곳이었다. 이미 해티패티 300여 마리가 와 있었고, 450여 마리를 더 기다리고 있었다. 해티패티들은 잔디밭을 소리 없이 오가며 서로 엄숙하게 고개를 숙였다.

빈터 한가운데에는 높은 장대가 서 있었고, 장대 위에는 커다란 기압계가 걸려 있었다. 해티패티들은 기압계를 지날 때마다 허리 숙여 인사를 했다. (그 광경은 꽤 우스꽝스러워 보였다.)

그사이 헤물렌은 사방에 지천으로 피어 있는 보기 드문 꽃에 넋을 빼앗긴 채 숲 속을 돌아다녔다. 섬에 핀 꽃은 무민 골짜기에서 보던 꽃보다 빛깔이 훨씬 강렬하고 짙었으며, 모양도 희한했다.

그러나 헤물렌은 꽃이 아름답다는 생각은 하지 못하고 꽃술이 몇 개인지, 잎이 몇 장인지 세면서 혼잣말을 중얼거렸다.

"이건 내 수집 표본 제219호야."

헤물렌은 급기야 해티패티들의 빈터까지 헤집고 다녔다. 해티패티들의 장대에 머리를 찧고 나서야 헤물렌은 고개를 들었다. 그리고 깜짝 놀라 주위를 둘러보았다. 헤물렌은 살면서 이렇게 많은 해티패티를 한 자리에서 본 적이

한 번도 없었다. 새하얗고 작은 얼굴로 바글바글 떼 지어 모인 해티패티들이 헤물렌을 노려보고 있었다.

헤물렌은 불안해졌다.

'해티패티들이 쉽사리 화를 내는 성격인지 모르겠군. 녀석들이 아무리 작다고 해도, 이건 너무 많잖아!'

헤물렌은 마호가니로 만들어진 커다란 기압계를 올려다보았다. 기압계가 비바람을 가리키고 있었다.

헤물렌이 햇살에 눈을 깜빡이며 중얼거렸다.

"이상한데."

헤물렌이 장대를 두드리자 기압계가 꽤 많이 미끄러져 내려왔다. 그러자 해티패티들은 헤물렌을 위협하듯 바스락거리며 한 걸음 다가섰다.

헤물렌이 깜짝 놀라 말했다.

"아니야. 너희 기압계는 가져가지 않을 거야!"

그러나 해티패티들은 헤물렌의 말을 알아듣지 못했다. 손을 흔들며 바스락거리는 소리와 함께 더 가까이 다가오기만 했다. 심장이 철렁한 헤물렌은 무사히 도망칠 방법이 있나 둘러보았다. 그러나 적들은 헤물렌을 벽처럼 에워싼 채 점점 더 가까이 다가올 뿐이었다. 게다가 아무 표정도 없이 조용히 헤물렌을 바라보는 해티패티들이 맞은편 나무까지 바글바글했다.

헤물렌이 소리를 질렀다.

"저리 가! 휘이! 휘이!"

그러나 해티패티들은 소리 없이 더욱 가까이 다가왔다. 헤물렌은 치마를 그러쥐고는 장대를 기어오르기 시작했다. 장대는 미끄러웠지만, 공포에 휩싸인 헤물렌은 초인적인 힘으로 끝내 장대 꼭대기까지 올라가 덜덜 떨면서 기압계를 잡았다.

해티패티들이 장대 아래로 모여 기다리고 있었다. 해티패티로 가득 찬 빈터는 흰 양탄자를 깔아 놓은 듯했고, 행여나 장대 아래로 떨어지면 무슨 일이 일어날지 상상해 본 헤물렌은 속이 메스꺼워졌다.

헤물렌은 모기만 하게 소리를 질렀다.

"살려 줘."

그러나 숲은 고요하기만 했다.

"살려 줘! 살려 줘!"

헤물렌은 두 손가락을 입에 넣고 휘파람을 불었다. 짧게 세 번, 길게 세 번, 짧게 세 번, 길게 세 번. 짧게 세 번, 길게 세 번, 짧게 세 번, 길게 세 번. 구조 신호였다.

북쪽 바닷가를 따라 거닐던 스너프킨이 헤물렌의 구조 신호를 들었다. 어느 쪽인지 알아차리자마자 스너프킨은 헤물렌을 구하러 총알처럼 부리나케 내달렸다. 휘파람 소리가 점점 더 크게 들려왔다.

'이제 정말 가까이 왔어.'

스너프킨은 이렇게 생각하며 조심히 기어갔다. 나무 사이사이가 환해지더니 빈터와 해티패티들과 장대에 꼭 달라붙어 있는 헤물렌이 보였다.

스너프킨이 중얼거렸다.

"일이 이렇게 꼬이다니."

그러고는 소리쳤다.

"어이! 나 여기 있어! 저 성격 좋은 해티패티들을 어쩌다 저렇게 화나게 했어?"

헤물렌이 흐느끼듯 말했다.

"그냥 해티패티들의 기압계를 두드려 봤을 뿐이야. 그나저나 장대가 내려앉고 있어. 스너프킨, 제발 저 무서운 녀석들을 쫓아내 줘!"

스너프킨이 말했다.

"잠깐 생각 좀 해 봐야겠는걸."

(해티패티들은 귀가 없어서 아무 소리도 듣지 못했다.)

잠시 뒤 헤물렌이 소리쳤다.

"스너프킨, 생각 좀 빨리 해. 나 미끄러져 내려가기 시작했어!"

스너프킨이 말했다.

"내 말 한번 들어 봐! 정원에 들쥐들이 몰려왔을 때 기억나? 무민파파가 땅에 장대를 잔뜩 꽂아서 풍차를 달았잖아. 풍차를 돌리니까 땅이 흔들려서 들쥐들이 겁먹고 도망쳤고!"

헤물렌이 말했다.

"네 이야기는 늘 흥미진진해. 그렇지만 내 서글픈 처지랑 그 이야기는 아무 상관도 없잖아!"

스너프킨이 말했다.

"아주 밀접하게 상관이 있지. 이해가 안 돼? 해티패티들은 말할 수도, 들을 수도 없고 눈도 정말 나빠. 하지만 신경은 예민하지! 장대를 앞뒤로 조금씩 흔들면서 움직여 봐! 해티패티들은 장대가 흔들리는 걸 느끼고 겁먹을 거야. 흔들리는 게 곧장 해티패티들의 뱃속으로 전해질 테니까. 한번 해 봐!"

헤물렌이 장대를 앞뒤로 흔들며 불안한 듯 소리쳤다.

"떨어지겠어!"

스너프킨이 소리쳤다.

"더 빨리, 더 빨리! 조금씩, 조금씩 흔들어!"

헤물렌이 장대를 이쪽저쪽으로 흔들었고, 조금 지나자 해티패티들은 발바닥에서부터 불편한 느낌이 들었다. 점점 더 불안해진 해티패티들은 바스락거리며 움직이기 시작했다. 그리고 순식간에 들쥐들처럼 달아나 버렸다.

얼마 지나지 않아 빈터가 텅 비었다. 해티패티들이 숲 속으로 떠나며 스너프킨의 다리를 스치고 지나갔는데, 쐐기풀로 문지른 것처럼 얼얼했다.

그제야 안심한 헤물렌은 장대를 손에서 놓아 버리고 잔디밭으로 떨어졌다.

헤물렌이 끙끙거렸다.

"아, 내 심장! 심장 떨어지는 줄 알았네. 무민 가족이랑 살기 시작한 뒤로 골치 아프고 위험한 일만 일어나!"

스너프킨이 말했다.

"이제 진정해. 잘해 냈잖아!"

헤물렌은 푸념을 늘어놓았다.

"작은 녀석들이 얼마나 끔찍하던지! 아무튼 녀석들을 혼내 주는 의미에서 기압계를 가져가야겠어!"

스너프킨이 경고했다.

"그냥 놔두는 게 나을 텐데."

그러나 헤물렌은 커다랗고 빛나는 기압계를 장대에서 떼어내어 의기양양하게 옆구리에 끼었다.

헤물렌이 말했다.

"이제 돌아가자. 엄청 배고파."

스너프킨과 헤물렌이 돌아가 보니 모두 모여 무민파파가 호수에서 낚은 강꼬치고기를 먹고 있었다.

무민이 소리쳤다.

"이제 왔어? 우리가 섬을 몽땅 돌아봤어! 섬 가장자리에 바다랑 맞닿은 절벽이 있는데 끔찍하게 험하더라."

스니프가 입을 열었다.

"해티패티도 엄청 많이 봤어. 못 해도 백 마리는 봤어."

헤물렌이 입을 앙다물고 말했다.

"녀석들 얘기는 꺼내지도 마. 녀석들 때문에 참을 수가 없으니까. 하지만 내 전리품은 보여 줄 수 있지!"

그러더니 헤물렌은 자랑스럽다는 듯 모래 식탁 한가운데에 기압계를 내려놓았다.

스노크메이든이 소리쳤다.

"와, 반짝이는 게 정말 예쁘다! 시계인가?"

무민파파가 말했다.

"아니. 이건 기압계란다. 날씨가 화창할지 폭풍이 불지 알 수 있지. 가끔은 날씨를 아주 정확하게 알려 준단다!"

무민파파는 기압계를 두드려 보더니 얼굴을 찌푸리며 심각한 표정을 지었다.

무민파파가 말했다.

"폭풍우가 치겠는데!"

스니프가 걱정스레 물었다.

"큰 폭풍우일까요?"

무민파파가 말했다.

"자, 한번 보렴. 기압계가 00을 가리키잖니. 00은 기압계가 가리키는 가장 낮은 지점이란다. 기압계가 우리를 놀리는 걸까."

그러나 정말로 기압계가 놀리는 것 같지는 않았다. 옅게 끼었던 안개는 노르스름한 잿빛으로 짙어졌고, 수평선은 이상하게 검은빛을 띠었다.

스노크가 말했다.

"집으로 돌아가야 해요."

스노크메이든이 말했다.

"아직은 안 돼! 바깥쪽 절벽을 제대로 살펴보지도 못했잖아! 물놀이도 못 했고!"

무민이 말했다.

"여기에서 무슨 일이 일어나는지 잠깐 지켜보면 안 될까? 섬을 발견하자마자 돌아가다니, 너무 속상해!"

스노크가 이치에 맞는 말을 했다.

"하지만 폭풍우가 불면 우린 아무 데도 못 가게 돼."

스니프가 소리쳤다.

"그거 최고다! 영원히 여기 있으면 되잖아!"

무민파파가 말했다.

"얘들아, 조용히 하렴. 곰곰이 생각 좀 해 보자꾸나."

무민파파는 바닷가로 내려가 이마를 찡그린 채 바람을 쐬며 주위를 둘러보았다.

멀리서 우르릉거리는 소리가 났다.

스니프가 소리쳤다.

"천둥이 쳤어! 어휴, 끔찍해!"

수평선 위로 구름이 몰려들었다. 짙푸른 구름은 작고 밝은 구름 줄기들을 앞세우며 다가오고 있었다. 바다 위로 희미한 빛이 번쩍이기 시작했다.

무민파파가 결정했다.

"여기 있기로 하자!"

스니프가 소리쳤다.

"밤새요?"

무민파파가 말했다.

"그래야겠지. 이제 서둘러 집을 짓자꾸나. 곧 비가 내릴 테니까!"

모험호는 모래밭 높이 끌어올렸고, 숲가에 돛과 담요로 재빨리 천막을 세웠다. 틈새는 무민마마가 이끼로 메웠고, 빗물이 흘러나가도록 스노크가 둘레에 도랑을 팠다. 모두 앞으로 뒤로 허둥지둥 뛰어다니며 지붕 아래로 짐을 옮겼다. 이제 나무들 사이로 작은 바람이 지나가며 불안하게 쏴아아 소리를 냈다. 우르릉거리는 천둥소리는 점점 더 가까워졌다.

스너프킨이 말했다.

"날씨 보러 곶에 다녀올게."

스너프킨은 모자를 귀까지 단단히 눌러 썼다. 곶 끄트머리까지 혼자 기분 좋게 달려간 스너프킨은 커다란 바위에 등을 기대고 섰다.

바다가 표정을 바꾸었다. 검푸른 빛으로 변한 파도는 철썩이며 거품을 일으켰고, 암초는 인(燐)처럼 노란 빛을 냈다. 천둥은 남쪽에서부터 우르릉거리며 묵직하게 올라왔다. 하늘을 절반도 넘게 뒤덮은 구름은 바다 위에 새까만 돛을 펼친 듯했고, 번개는 불길하게 번쩍거렸다.

스너프킨은 즐거움과 긴장감 때문에 설레는 마음으로 생각했다.

'폭풍우가 섬 바로 위에서 치겠군.'

스너프킨은 바다 위에서 다가드는 구름을 마주보았다. 그때 갑자기 검은색 작은 말을 탄 검은 사람이 보였다. 말과 사람은 분필처럼 새하얀 구름층 꼭대기에서 잠깐 보였는데, 말을 탄 사람의 외투가 날개처럼 퍼덕이자 말도 사람도 더 높이 올라갔다……. 말과 사람이 눈부신 번개 무리 속에서 사라지더니 태양이 없어졌고 바다 위에 잿빛 커튼을 드리운 듯이 빗줄기가 쏟아져 내리기 시작했다.

스너프킨이 생각했다.

'마법사를 본 거야! 마법사와 마법사의 검은 표범이 분명했어! 진짜 있었어. 그냥 옛날이야기가 아니라……'

스너프킨은 등을 돌려 냅다 뛰어 바닷가로 돌아갔다. 그

리고 가까스로 천막 안에 들어갔다. 굵은 빗방울이 폭풍 속에서 펄럭거리는 돛을 때렸다. 저녁이 되려면 시간이 많이 남아 있었지만 온 세상이 어둠에 휩싸였다. 모두 옹기종기 모여 웅크리고 앉아 있었다. 헤물렌이 채집한 꽃에서 나는 향기가 천막 안을 가득 채웠다. 이제 천둥은 아주 가까이에서 커다란 소리를 냈다. 몇 번이나 새하얀 번갯불이 번쩍거리며 천막을 밝혔다. 천둥은 하늘에서 기차라도 끄는 듯이 굉음을 냈고, 바다는 외로운 섬을 향해 가장 큰 파도를 격렬하게 내던졌다.

무민마마가 말했다.

"우리가 바다에 나가지 않아서 천만 다행이야. 어머, 어머. 날씨가 어쩜 저러나 몰라."

스노크메이든이 떨리는 손으로 무민의 손을 맞잡자, 무민은 자신이 남자답게 스노크메이든을 보호하고 있다는 느낌이 들었다.

스니프는 담요를 뒤집어쓰고 누워 비명을 질러 댔다.

무민파파가 말했다.

"이제 바로 우리 위에 있구나!"

바로 그 순간, 거대한 번개가 우르르 쾅쾅하는 요란한 소리와 함께 섬으로 쏟아졌다.

스노크가 말했다.

"번개가 쳤어!"

헤물렌은 머리를 감싸 쥐고 앉아 중얼거렸다.

"정말 끔찍해. 골치 아파! 늘 골치 아픈 일만 일어난다니까!"

이제 천둥은 남쪽으로 향해 갔다. 천둥소리는 점점 더 멀어졌고, 번개는 차차 약해졌다. 마침내 천막 주위에서는 빗소리만 들려오기 시작했고, 바닷가 주위에서는 파도 소리만 들려왔다.

'마법사 이야기는 아직 하지 말자. 다들 안 그래도 잔뜩 겁먹었는데.'

스너프킨은 이렇게 생각하고는 입을 열었다.

"스니프, 나와. 다 끝났어."

스니프가 망설이다 담요에서 빠져나왔다. 아까 너무 무서워 끔찍하게 비명을 질러 댄 탓에 멋쩍은 나머지 하품을 하며 뒷머리를 긁적였다.

스니프가 물었다.

"몇 시야?"

스노크가 대답했다.

"곧 여덟 시야."

무민마마가 말했다.

"그럼 이제 잠자리에 들자꾸나. 오늘 일어난 일은 너무 지독했어."

무민이 말했다.

"어디에 번개가 쳤는지 알아보러 가면 재미있지 않을까요?"

무민마마가 말했다.

"내일 하자꾸나! 내일 다 알아보고 바다에서 수영도 하자꾸나. 지금 섬은 축축하기만 하고 온통 잿빛이라 나갈 엄두가 나지 않는구나."

무민마마는 담요를 나누어 준 다음, 머리맡에 가방을 놓고 잠이 들었다.

바깥은 폭풍이 거세었다. 철썩거리는 파도 소리에 이상한 소리가 뒤섞였다. 바다에서 중얼중얼하는 목소리와 쿵쿵 뛰어다니는 발소리, 까르륵대는 웃음소리와 뎅뎅 울리는 커다란 종소리가 들렸다. 스너프킨은 소리에 귀를 기울이며 가만히 누워 세상을 돌아다니던 때를 떠올렸다.

스너프킨이 생각했다.

'곧 다시 떠나야 해. 하지만 아직은 아니야.'

네 번째 이야기

밤늦게 해티패터들이 찾아와 스노크메이든의
머리털을 홀랑 태우고, 무민 가족과 친구들이
외로운 섬의 바닷가에서 아주 멋진 물건을 발견하다

한밤중에 끔찍한 느낌이 들어 스노크메이든이 잠에서 깼다. 스노크메이든의 얼굴 가까이에서 무엇인가가 움직이고 있었다. 스노크메이든은 차마 올려다보지는 못했지만, 미심쩍은 냄새를 맡았다. 타는 냄새였다! 스노크메이든은 담요를 머리끝까지 뒤집어쓰고 낮게 소리쳤다.

"무민! 무민!"

금세 잠에서 깬 무민이 물었다.

"무슨 일이야?"

담요를 뒤집어쓴 스노크메이든이 말했다.

"위험한 게 있어! 여기 뭔가 위험한 게 있는 것 같아!"

무민은 어둠 속을 뚫어지게 바라보았다. 뭔가 있는 게 분명했다! 작은 빛…… 새하얗게 빛나는 뭔가가 잠든 이들 사이를 이리저리 살금살금 오가고 있었다.

무민은 겁에 질려 스너프킨을 흔들어 깨우며 속삭였다.

"일어나 봐! 유령이야!"

스너프킨이 말했다.

"아니야. 해티패티들이야. 천둥이 저 녀석들 몸에 전류를 흐르게 해서 빛나는 거야. 쥐 죽은 듯이 조용히 있어. 그렇지 않으면 전기 충격을 받을지도 몰라."

해티패티들은 무엇인가를 찾는 듯했다. 바구니를 모조리 뒤진 탓에 타는 냄새가 심해졌다. 그런데 갑자기 해티패티들이 모두 구석에서 잠든 헤물렌 주위로 모였다.

불안해진 무민이 물었다.

"해티패티들이 헤물렌한테 해코지할까?"

스너프킨이 말했다.

"해티패티들은 그냥 기압계를 찾는 걸 거야. 헤물렌한테 기압계를 가져오지 말라고 경고했었는데. 해티패티들이 드디어 기압계를 찾아냈어!"

해티패티들은 힘을 모아 기압계를 끌어내고 있었다. 해티패티들이 기압계를 제대로 쥐려고 헤물렌의 몸 위로 기어 올라갔고, 타는 냄새는 더 지독해졌다.

잠에서 깬 스니프가 낑낑거리기 시작했다.

그때, 어마어마한 비명 소리가 천막 안을 가득 채웠다. 해티패티 하나가 헤물렌의 코를 밟았기 때문이었다.

모두 순식간에 잠에서 깨어 벌떡 일어섰다. 뒤이어 천막 안은 난장판이 되었다. 해티패티를 밟았다가 데거나 전기 충격을 받아 울부짖는 소리에 괜찮은지 묻는 걱정스러운 말이 뒤섞였다. 그 와중에 헤물렌이 무서워서 소리를 지르며 뛰어다니다 발에 돛이 걸리는 바람에 천막을 무너뜨리려 버렸다. 정말이지 끔찍했다.

스니프는 돛에서 빠져나오는 데 적어도 한 시간은 걸렸다고 우겼다. (조금 과장했을지도 모르지만.)

마침내 돛에서 모두 빠져나왔을 때, 해티패티들은 기압계를 들고 숲으로 유유히 사라져 갔다. 그러나 아무도 해티패티들을 뒤쫓아 갈 생각은 하지 않았다.

헤물렌은 큰 한숨을 내쉬며 축축한 모래밭에 고개를 떨어뜨리더니 말했다.

"정말 너무해! 나처럼 가엾고 아무 죄 없는 식물학자가 도대체 왜 평온하고 조용히 살 수 없는지 모르겠네!"

스너프킨이 반색하며 말했다.

"삶은 원래 평온한 게 아니야."

무민파파가 말했다.

"비가 그쳤구나. 얘들아, 보렴. 하늘이 맑아! 곧 날이 밝겠어."

몸이 으슬으슬해진 무민마마는 손가방을 꼭 쥐고 서서 폭풍이 치는 밤바다를 바라보았다.

무민마마가 물었다.

"새 집을 짓고 다시 잘까?"

무민이 말했다.

"다시 못 잘 것 같아요. 담요를 두르고 해가 뜰 때까지 기다려요."

그래서 모두 바닷가에 나란히 꼭 붙어 앉았다. 스니프는 가장 안전하다며 한가운데에 앉겠다고 우겼다.

스노크메이든이 말했다.

"어둠 속에서 뭔가가 제 얼굴을 건드렸을 때 얼마나 무서웠는지 아무도 모를 걸요. 천둥보다 더 끔찍했어요!"

모두 동이 터 오는 바다를 바라보고 앉아 있었다. 폭풍은 조금 가라앉았지만, 여전히 모래밭으로 파도가 철썩거리며 밀려들고 있었다. 하늘은 동쪽에서부터 밝아지기 시작했고, 날은 무척 추웠다. 그 동트는 새벽빛 속에서 섬을 떠나는 해티패티들이 보였다. 해티패티들이 탄 배들은 곶 뒤에서 그림자처럼 미끄러지듯 연이어 밀려나와 먼 바다를 향해 나아갔다.

헤물렌이 말했다.

"잘됐어! 두 번 다시 녀석들을 볼 일이 없었으면 좋겠군."

"해티패티들은 새로운 섬을 찾아가는 거야. 아무도 찾지 못하는 비밀의 섬 말이지!"

이렇게 말한 스너프킨은 작은 떠돌이들이 타고 가는 가벼운 배들을 오랫동안 바라보고 있었다.

스노크메이든은 무민의 무릎을 베고 잠들어 있었다. 이제 동쪽 수평선에서 첫 빛줄기가 보이기 시작했다. 폭풍이 잊고 간 구름 줄기들이 장미처럼 연분홍빛으로 바뀌더니 태양이 바다에서 빛나는 머리를 들어 올렸다.

스노크메이든을 깨우려고 몸을 숙였을 때, 무민은 무시무시한 사실을 깨달았다. 스노크메이든의 예쁜 앞머리가 타 버렸다! 해티패티들이 스노크메이든을 건드렸을 때 일어난 일이 틀림없었다. 스노크메이든은 뭐라고 말할까? 무민은 어떻게 스노크메이든을 진정시키고 위로해야 좋을까? 이건 재앙이나 다름없었다!

눈을 뜬 스노크메이든은 살짝 미소를 지었다.

무민이 서둘러 말했다.

"저기, 참 이상한 일도 다 있어. 요즘 머리카락이 있는 아가씨보다 없는 아가씨가 점점 더 좋아지더라."

스노크메이든이 놀라서 말했다.

"그래? 왜?"

무민이 말했다.

"머리카락이 있으면 단정해 보이지 않으니까!"

이 말에 스노크메이든은 앞머리를 빗으려고 손을 들어 올렸다. 그러나 세상에! 손에는 타 버린 작은 머리타래만 잡혔다! 스노크메이든은 소스라치게 놀라 머리타래를 뚫어지게 올려다보았다.

스니프가 말했다.

"대머리가 됐네."

무민이 다독였다.

"그래도 정말 잘 어울려. 아니, 안 돼. 울지 마!"

자신의 가장 큰 매력을 잃어버린 스노크메이든은 모래밭에 엎드려 펑펑 울었다.

모두 스노크메이든의 주위에 모여 마음을 풀어 주려고 했다. 그러나 헛수고였다!

헤물렌이 말했다.

"나 좀 봐. 나는 태어날 때부터 대머리였어. 이제껏 대머리로 아주 잘 살고 있고!"

무민파파가 말했다.

"머리에 기름을 발라 마사지해 주마. 그럼 다시 머리카락이 자랄 거야."

무민마마가 말했다.

"그러면 곱슬머리가 될 거란다!"

스노크메이든이 딸꾹거렸다.

"정말이에요?"

무민마마가 자신 있게 말했다.

"암, 그렇고말고. 정말이지! 어머, 스노크메이든. 곱슬머리가 나면 정말 귀엽겠구나!"

스노크메이든은 울음을 그치고 일어나 앉았다.

스너프킨이 말했다.

"태양 좀 봐."

갓 씻은 듯 고운 태양이 바다 위로 떠올랐다. 비가 갠 섬이 반짝거렸다.

"이제 아침 노래를 연주해 볼까."

스너프킨이 이렇게 말하며 하모니카를 꺼내 들었다. 모두 힘차게 노래 부르기 시작했다.

밤이 지나고 해가 솟았네!
해티패티도 제 갈 길 갔네!
어제 근심 걱정은 떨쳐 버리길!
스노크 동생 머리카락이
곱슬머리로 자라날 테니!
야─호!

무민이 소리쳤다.

"물놀이하러 가자!"

모두 수영복을 입고 파도에 뛰어들었다. (아직 물이 너무 차갑다고 생각한 헤물렌과 무민파파와 무민마마만 빼고.)

맑은 초록빛 파도가 흰 거품을 몰고 모래밭으로 밀려들었다.

 아, 막 잠에서 깬 무민이 되어 태양이 뜰 때 맑은 초록빛 파도 속에서 춤추듯 물놀이하면 얼마나 행복할까!

 간밤은 이미 지나갔고, 기나긴 유월의 새로운 하루가 눈앞에 펼쳐져 있었다. 모두 쇠돌고래처럼 물결을 가르며 멀리 헤엄쳐 나아가다가 스니프가 들어가서 놀고 있는 바닷가 물웅덩이 쪽으로 방향을 돌렸다. 스너프킨은 바다 위에 둥둥 뜬 채 누워 파랗고 투명한 하늘을 올려다보며 점점 더 멀리 밀려갔다.

 그사이 무민마마는 바위 틈새에서 커피를 끓이면서 햇볕을 피해 바닷가 축축한 모래에 파묻어 놓았던 버터 통을 찾아 헤맸다. 그러나 허탕을 치고 말았는데, 폭풍이 버터 통을 가져가 버렸기 때문이었다.

무민마마가 안타까워했다.

"애들 샌드위치에 뭘 발라 주나?"

무민파파가 말했다.

"대신 폭풍이 다른 어떤 걸 가져왔는지 찾아봅시다. 커피를 마시고 나서 바닷가를 따라 걸으며 바다가 뭍에 뭘 던져 줬는지 살펴보자고요!"

그리고 모두 그렇게 했다.

섬 가장자리는 반질반질한 원생암이 바다에서 치솟아 절벽을 만들어 놓았다. 절벽 사이사이로 인어들의 비밀 무도장 같은 조가비 깔린 작은 모래밭, 철썩이는 파도소리가 마치 철문이라도 쾅쾅 두드리는 듯이 울려 퍼지는 검은 벼랑도 발견할 수 있었다. 가끔은 절벽 사이로 작은 동굴이 뚫려 있기도 했고, 또 가끔은 절벽에서 쉭쉭 소리와 함께 물이 소용돌이를 그리며 떨어지고 있었다.

바닷가에서 밀려온 물건과 난파선 잔해를 찾아보려고 모두 뿔뿔이 흩어져 길을 나섰다. 바다에서 이상한 물건을 찾아 건져 올리는 일은 어렵고 위험천만할 때도 있기 때문에 다른 일보다 훨씬 더 흥미진진했다.

무민마마는 커다란 너럭바위로 가려진 작은 모래밭으로 기어 내려갔다. 모래밭에는 푸른 깃털말미잘과 바람이 가느다란 줄기를 휙 하고 파고들 때 바스락바스락 소리를 내는 갯보리가 모여 자라고 있었다. 무민마마는 거센 바람이 닿지 않는 곳에 누웠다. 모래밭에 누워 있자니 푸른 하늘과 머리맡에서 그네처럼 흔들리는 깃털말미잘 말고는 아무것도 보이지 않았다.

무민마마가 생각했다.

'잠깐 쉬어야지.'

그러나 이윽고 무민마마는 따스한 모래밭에서 깊은 잠에 빠졌다.

그사이 스노크는 가장 높은 바위로 달려 올라가 주위를 둘러보았다. 이쪽 바닷가부터 저쪽 바닷가까지 보였는데,

섬이 바다 한가운데 놓인 꽃다발 같이 불안하게 떠 있는 것처럼 보였다. 높은 바위 위에서 보니, 잔해를 찾고 있는 스니프는 점처럼 작았고, 스너프킨의 모자도 희미했으며, 헤물렌은 보기 드문 난초를 캐고 있었고…… 그리고 바로 그곳이 보였다! 번개가 내려쳤던 곳이 틀림없었다. 무민 가족의 집보다 열 배는 큰 너럭바위 하나가 번개를 맞아 두 쪽이 나서 벌어져 있었는데, 꼭 반으로 쪼개진 사과 같았다. 스노크는 후들후들 떨며 벌어진 바위 사이로 들어가 시커먼 암벽을 올려다보았다. 여기에 번개가 쳤다! 드러난 바위 안쪽 단면에는 칠흑 같은 검은색 곡선이 그려져 있었다. 그런데 그 옆에 밝게 빛나는 선 하나가 더 있었다. 금이었다. 틀림없이 금이었다!

스노크는 빛나는 선을 주머니칼로 후벼 팠다. 작은 금 싸라기 하나가 스노크의 손에 떨어져 내렸다. 스노크는 계속해서 금을 파냈다. 점점 더 큰 조각이 떨어져 내리자 흥분을 감출 수가 없었다. 스노크는 번개가 세상에 내놓은 반짝이는 금맥 말고는 아무것도 눈에 들어오지 않았다. 스노크는 이제 더는 바닷가 좀도둑이 아니었다. 금광 채굴가였다!

그사이 스니프는 소소한 물건을 발견했을 뿐이었지만, 적어도 스노크만큼 기뻐했다. 스니프는 코르크로 만든 구명대를 찾아냈다. 바닷물 때문에 조금 썩기는 했지만, 크기는 스니프에게 딱 맞았다.

스니프가 생각했다.

'이제 깊은 물에도 들어갈 수 있어! 이제 다른 애들한테 뒤지지 않게 수영을 배워야지. 무민이 얼마나 놀랄까.'

조금 더 멀리 나간 스니프는 자작나무 껍질과 공 모양 낚시찌와 바닷말이 널브러진 곳에서 밀짚 돗자리와 절반은 온전한 파래박과 뒤축이 없는 낡은 장화 한 짝을 발견했다. 바다에서는 이런 신기한 보물을 얼마든지 손에 넣을 수 있다!

그때, 저 멀리 물속에서 버둥거리며 무엇인가를 건져 내려고 낑낑대는 무민을 본 스니프가 생각했다.

'뭔지 몰라도 엄청 크잖아! 내가 먼저 발견했어야 했는데! 저게 도대체 뭐지?'

이제 무민은 물속에서 건진 물건을 모래밭까지 굴려서 가져왔다. 스니프는 목을 빼고 무민이 무엇을 가져왔는지 보았다. 부표였다! 게다가 커다랗고 화려하기까지 했다!

무민이 소리쳤다.

"야호! 이것 좀 봐!"

스니프는 감정(鑑定)하듯 고개를 갸웃거리더니 말했다.

"꽤 괜찮네. 그럼 이건 어때?"

스니프는 모래밭에 자신이 발견한 물건들을 줄지어 내

려놓았다.

무민이 말했다.

"코르크 구명대는 좋은걸. 그런데 반쪽짜리 파래박으로는 뭘 하려고?"

스니프가 말했다.

"배에서 물을 빨리 퍼낼 때 쓰면 되거든. 저기, 내 말 좀 들어 봐! 물물교환을 하면 어때? 밀짚 돗자리랑 파래박이랑 장화하고 그 낡은 부표를 바꾸자!"

무민이 말했다.

"그건 절대로 안 돼. 대신 코르크 구명대하고 이 신비한 부적을 바꾸는 건 생각해 볼게. 이건 머나먼 땅에서 떠내려 온 물건일지도 몰라."

그러더니 무민은 속이 비어 있는 신기한 유리구슬을 꺼내 흔들었다. 그러자 유리구슬 안에서 수많은 눈송이가 화르르 일어나더니 어지럽게 핑핑 돌다가 은박지로 만든 창문이 있는 작은 집 위에 평온하게 내려앉았다.

스니프가 감탄했다.

"우와!"

스니프는 자기 물건이 아까워 마음속으로 갈팡질팡했다.

무민이 다시 유리구슬을 흔들어 눈을 보여 주며 말했다.

"이것 좀 봐!"

스니프가 어쩔 줄 몰라 하며 말했다.

"어떡하면 좋지? 구명대랑 겨울이 들어 있는 부적 중에서 뭐가 더 좋은지 도통 모르겠어! 마음이 오락가락해!"

무민이 말했다.

"당연히 이 세상에 하나뿐인 눈 내리는 부적이지."

스니프가 징징댔다.

"하지만 구명대도 포기할 수 없단 말이야! 무민, 부탁인데 그 작은 눈보라를 나눠 가지면 안 될까?"

무민이 말했다.

"흠."

스니프가 사정했다.

"가끔 가질게. 일요일만."

무민은 잠깐 고민하더니 말했다.

"좋아. 일요일이랑 수요일에 가져."

스너프킨은 그보다 멀리 떨어진 곳을 거닐고 있었다. 스너프킨은 밀려오는 파도에 바짝 다가섰다가 파도가 장화를 살짝 물자 높이 뛰어 피하며 웃음을 터뜨렸다. 파도에게는 꽤 약이 오르는 일이었다!

곶에서 조금 떨어진 곳에서 스너프킨은 통나무 토막과 널빤지를 건져 올리는 무민파파를 만났다.

무민파파가 헐떡였다.

"어때, 멋지지? 이걸로 모험호 부잔교를 만들 거란다!"

스너프킨이 물었다.

"끌어올리는 것 좀 도와 드릴까요?"

무민파파가 펄쩍 뛰었다.

"아니야! 혼자 할 수 있단다. 건질 게 또 있나 찾아 보렴!"

이쪽 바다에는 건질 게 많았지만, 스너프킨의 마음에 드는 물건은 하나도 없었다. 작은 통, 의자 반쪽, 밑 빠진 바구니, 다리미대처럼 무겁고 번거로운 물건뿐이었다.

스너프킨은 양손을 주머니에 찔러 넣은 채 휘파람을 불었다. 그리고 파도를 피해 껑충 뛰었다가 파도를 따라 달려가며 장난을 쳤다. 파도가 스너프킨을 잡으러 달려들자 스너프킨은 다시 껑충 뛰어 피했다. 외딴 바닷가의 긴 모래밭을 죽 따라가며.

곶 바깥쪽에서는 스노크메이든이 바위를 기어 오르내리고 있었다. 타 버린 앞머리를 가리려고 깃털말미잘을 엮어 머리에 쓴 채 모두 깜짝 놀랄 만큼 부러워할 물건을 찾아 헤맸다. 모두 감탄하면 스노크메이든은 그 물건을 무민에게 줄 것이었다. (물론 장신구가 아닐 때만.) 바위 사이를 기어 다니기는 너무 힘들었고, 쓰고 있던 깃털말미잘은 자꾸 바람에 날려 벗겨지려고 했다. 어쨌든 지금은 바람이 조금 수그러들었다. 바다는 성난 듯 지글거리는 초록빛에서 잔잔한 푸른빛으로 바뀌었고, 파도는 위협보다는 장식에 가까운 잔잔한 거품을 일으켰다. 스노크메이든은 물가 가장자리에 깔려 있는 좁다란 자갈밭으로 기어 내려갔다. 그러나 그곳에는 바닷말과 갈대 조금, 널빤지 토막 몇 개 말고는 아무것도 없었다.

스노크메이든은 풀죽은 채 곶을 향해 계속 걸어가며 혼자 곰곰이 생각했다.

'다들 늘 혼자 뭔가를 잘만 하는데 나만 아무것도 못해. 얼음덩이를 건너뛰거나, 시내에 둑을 쌓거나, 개미귀신을 잡아 오거나 하면서 말이지. 나도 혼자 엄청난 일을 해서 무민을 깜짝 놀라게 해 주고 싶어.'

스노크메이든은 한숨을 쉬며 황량한 바닷가를 물끄러미 바라보았다. 그 순간, 갑자기 걸음을 멈춘 스노크메이든의 가슴이 요동치듯 뛰기 시작했다. 저 멀리 곳에……. 아니, 세상에. 너무 소름끼쳤다! 누군가 물속에 누워 바닷가 바위 쪽으로 찰랑거리며 밀려오고 있었다! 크기가 엄청나게 컸는데, 스노크메이든보다 열 배는 더 컸다!

'당장 다른 친구들한테 돌아가야겠어.'

스노크메이든은 이렇게 생각했지만, 돌아서지 않고 혼잣말했다.

"또 겁내면 안 돼! 저게 누군지 내가 직접 봐야 해!"

스노크메이든은 덜덜 떨면서 그 끔찍한 것 가까이 다가

갔다. 커다란 여자였다……. 다리가 없는 커다란 여자…….
소름끼치게 끔찍했다! 스노크메이든은 부들부들 떨며 몇 걸음 다가가다 소스라치게 놀라 멈추어 섰다. 커다란 여자가 나무로 만들어져 있었다! 게다가 신기할 만큼 아름다웠다. 불그스름한 뺨과 입술, 온화하게 미소 짓는 얼굴이 맑은 물 위에서 빛났고, 푸른 눈은 동그랗고 아주 컸다. 초록색으로 그려진 머리카락은 어깨 위까지 흘러내리듯 길었다.

스노크메이든이 경건하게 말했다.

"여왕님이야."

아름다운 나무 여자의 양손은 황금빛 꽃과 사슬 목걸이로 빛나는 가슴 위에 엇갈려 포개져 있었고, 잘록한 허리 아래로는 주름 잡힌 빨간색 드레스가 풍성하게 늘어뜨려져 있었다. 단 하나, 등이 없다는 점이 이상했다.

스노크메이든은 곰곰이 생각했다.

'무민한테는 과분한 선물이겠는걸. 그래도 어쨌든 무민한테 줘야지!'

스노크메이든이 나무 여왕의 배에 올라앉아 노를 저어 모험호가 있는 만으로 의기양양하게 돌아왔을 때는 저녁 무렵이었다.

스노크가 물었다.

"배를 찾은 거야?"

무민이 감탄했다.

"혼자서 그걸 여기까지 가져오다니!"

젊었을 때 바다에 나갔던 무민파파가 말했다.

"선수상이구나! 뱃사람들은 보통 아름다운 여왕의 모습을 나무로 만들어 뱃머리에 장식하지."

스니프가 물었다.

"왜 장식하는데요?"

무민파파가 대답했다.

"근사해 보이려고."

헤물렌이 물었다.

"그런데 왜 등이 없을까요?"

스노크가 대답했다.

"당연히 뱃머리에 달아야 하니까 그렇지. 세 살 먹은 어린애도 이해하겠네!"

스너프킨이 말했다.

"모험호에 달기에는 너무 커. 정말 아쉬운걸!"

무민마마가 한숨을 쉬었다.

"어머, 정말 아름다운 아가씨인데 어째! 이렇게나 예쁜데 마냥 기뻐할 수가 없구나!"

스니프가 물었다.

"저걸로 뭐 할 거야?"

스노크메이든은 눈을 내리깔고 슬며시 미소를 짓더니 말했다.

"무민한테 줄 거야."

무민은 말을 잇지 못했다. 새빨개진 얼굴로 한 발 앞으로 나가 정중하게 인사만 했다. 스노크메이든은 어쩔 줄 몰라 하며 무릎을 굽혀 인사했는데, 둘의 모습은 마치 연회장에 있는 듯이 보였다.

"스노크메이든, 내가 뭘 찾았는지 아직 못 봤지?"

스노크가 이렇게 말하더니 모래에 놓여 있던 커다랗고 빛나는 금더미를 자랑스럽게 가리켰다.

스노크메이든은 넋을 잃고 바라보다가 한참 만에야 숨을 내쉬었다.

"진짜 금이네!"

스노크가 자랑스럽게 말했다.

"이것보다 훨씬 더 많이 있어! 산더미처럼 쌓였다고!"

스니프가 말했다.

"그럼 바닥에 떨어지는 건 다 내 걸로 할래!"

바닷가에서는 모두 저마다 찾아낸 물건을 늘어놓고 서로 감탄했다. 무민 가족은 갑자기 부자가 되었다. 그렇지만 어쨌든 가장 귀한 물건은 선수상과 유리구슬 속 작은 눈보라였다.

드디어 짐을 한가득 실은 범선이 폭풍의 여파가 남아 있는 외로운 섬을 떠났다. 범선 꽁무니에는 통나무와 널빤지로 만든 커다란 뗏목이 달렸고, 범선 안에는 금더미와 겨울이 든 부적, 커다란 부표, 장화 한 짝, 파래박 반쪽, 구명대와 돗자리가 담겼으며, 뱃머리에는 바다를 바라보는 선수상이 놓였다. 그리고 그 곁에는 무민이 선수상의 아름다운 푸른 머리카락을 한 손으로 잡고 앉아 있었다. 무민은 정말이지 행복했다!

스노크메이든은 그 모습을 흘깃거리며 생각했다.

'아, 내가 나무 여왕처럼 아름다웠더라면 얼마나 좋았을까. 지금은 앞머리가 하나도 없는데……'

스노크메이든은 아까만큼 즐겁지 않았다. 아니, 오히려 서글펐다.

스노크메이든이 물었다.

"나무 여왕이 좋아?"

무민은 스노크메이든을 돌아보지도 않고 대답했다.

"정말 좋아!"

스노크메이든이 말했다.

"머리카락이 없는 아가씨가 더 좋다더니. 저 나무 여왕 머리는 그냥 색칠한 거거든!"

무민이 말했다.

"그렇지만 정말 예쁘게 색칠했잖아."

스노크메이든은 울적해졌다. 눈물이 흘러내릴 것만 같아 바다를 내려다보는 스노크메이든의 몸이 천천히 잿빛으로 바뀌어 갔다.

스노크메이든이 화가 나서 말했다.

"나무 여왕은 바보 같아!"

무민이 스노크메이든을 돌아보고 깜짝 놀라 물었다.

"스노크메이든, 왜 잿빛이 됐어?"

스노크메이든이 쏘아붙였다.

"신경 쓰지 마!"

무민이 뱃머리에서 내려와 스노크메이든의 곁에 앉아 말했다.

"그거 알아? 사실 나무 여왕은 정말 바보 같아!"

"응, 맞아!"

이렇게 말한 스노크메이든은 다시 연분홍빛이 되었다.

태양은 저녁을 향해 천천히 저물어 갔고, 끝없이 이어진 빛나는 물결은 황금빛으로 물들었다. 돛과 배 그리고 배에 있는 이들도 모두 황금빛으로 물들었다.

무민이 말했다.

"우리가 봤던 황금 나비 기억나?"

스노크메이든은 기운 없지만 즐겁게 고개를 끄덕였다.

저 멀리 외로운 섬이 해넘이 속에서 타오르는 것처럼 보였다.

스너프킨이 말했다.

"스노크의 금으로 뭘 하실 거예요?"

무민마마가 말했다.

"꽃밭 둘레에 장식으로 놓을 거란다. 물론 큰 조각들로 말이지. 작은 조각들은 지저분해 보이기만 할 테니까."

그다음 모두 말없이 앉아서 바다에 잠겨드는 태양을 바라보았고, 모험호가 천천히 기우뚱거리며 집으로 나아가는 동안 바다는 푸른빛에서 보랏빛으로 어두워졌다.

다섯 번째 이야기

무민과 친구들이 왕의 루비에 관한 이야기를 듣고,
스노크가 주낙 낚시를 하고, 마멜루크가 죽고,
무민 가족의 집이 정글로 변하다

7월 말 어느 날, 무민 골짜기는 무척 더웠다. 파리조차 윙윙거리지 않았다. 먼지투성이가 된 나무들은 기운 없이 늘어졌고, 메마른 강물은 늘어진 풀들 사이를 가느다란 흙빛으로 흘러갔다. 강물은 이제 더는 마법사의 모자(집으로 돌아와 거울 아래에 있는 서랍 속에 놓인)에 넣어 주스를 만들기에 알맞지 않았.

태양은 날이 갈수록 언덕 사이에 숨어 있는 골짜기 가

까이로 내려와 빛을 내뿜었다. 조그만 생명들은 모두 땅속 서늘한 곳으로 기어들었고, 새들은 지저귀지 않았다. 그러나 무민과 친구들은 신경질적으로 돌아다니며 툭하면 다투었다.

무민이 말했다.

"엄마, 우리가 뭘 하면 좋을지 얘기해 주세요! 날씨가 너무 더워서 서로 싸우기만 해요!"

무민마마가 말했다.

"그래, 얘야. 엄마도 알고 있단다. 엄마 생각에는 너희가 잠깐 집을 떠나면 어떨까 싶구나. 사흘쯤 동굴에서 지내면 어떻겠니? 거긴 집보다 시원하고, 물놀이도 하고 싶을 때 마음껏 할 수 있으니까 하루 종일 얼마나 편하겠니."

무민이 신이 나서 물었다.

"동굴에서 자도 돼요?"

무민마마가 대답했다.

"물론이지! 기분이 풀리면 그때 집으로 돌아오렴."

동굴에서 지내는 일은 정말이지 무척 흥미진진했다. 모래 바닥 한가운데에는 등불을 놓았다. 모두 저마다 특별한 모양으로 구덩이를 파서 잠자리를 마련했다. 먹을 것은 여섯으로 똑같이 나누었다. 건포도 푸딩과 으깬 호박, 박하사탕과 옥수숫대뿐만 아니라 다음 날 아침에 먹을 팬케이크까지 있었다.

저녁을 향해 불어든 작은 바람은 바닷가 위를 쓸쓸히 맴돌았다. 붉게 저무는 태양이 동굴을 따스한 빛으로 가득 채웠다. 스너프킨은 해 질 녘 노래를 연주했고, 스노크메이든은 곱슬곱슬한 머리카락이 자란 머리를 무민의 무릎에 뉘였다.

모두 건포도 푸딩을 먹은 다음, 너그러워진 마음으로 저녁노을이 바다 위를 기어오르는 광경을 바라보고 있자니 어쩐지 조금 짜릿했다.

스니프가 말했다.

"동굴을 처음 찾아낸 건 바로 나야."

그렇지만 아무도 그 말은 전에 수백 번은 들었다고 말하지 않았다.

스너프킨이 등불을 켜면서 말했다.

"무시무시한 이야기를 들어 볼래?"

헤물렌이 물었다.

"얼마나 무시무시한데?"

스너프킨이 말했다.

"이 동굴만큼 무시무시해. 아니면 그보다 좀 더 무시무시할지도. 말뜻을 제대로 이해한다면 말이지."

헤물렌이 말했다.

"알아들을 수 있거든. 이야기해 봐. 겁나면 겁난다고 말할 테니까."

스너프킨이 말했다.

"좋아. (이건 내가 어렸을 때 어떤 개프지한테 들었던 이야기야.) 세상의 끝에는 아찔하게 높은 산이 하나 솟아 있어. 칠흑처럼 새까맣고 비단처럼 윤기가 나지. 땅은 온통 가파른 비탈로 뒤덮여 있고, 구름이 산을 둘러싸고 있어. 산꼭대기에는 이렇게 생긴 마법사의 집이 있어."

스너프킨은 모래에 마법사의 집을 그렸다.

스니프가 물었다.

"창문은 없어?"

스너프킨이 말했다.

"응. 문도 없어. 마법사는 늘 검은 표범을 타고 하늘에서 내려오니까. 마법사는 밤마다 돌아다니며 외투 속에 루비를 모아."

스니프가 넋을 놓고 소리쳤다.

"뭐? 루비라고! 마법사는 어떻게 루비를 모으는데?"

스너프킨이 말했다.

"마법사는 무엇으로든 변신할 수 있어. 그다음 땅속으로 기어 들어가는데, 보물이 숨겨진 바다 밑바닥까지도 내려갈 수가 있지."

스니프가 샘을 내며 물었다.

"그렇게 보석을 많이 모아서 뭘 해?"

스너프킨이 말했다.

"아무것도 하지 않아. 그냥 모으기만 해. 헤물렌이 식물을 수집하는 거랑 비슷하지."

헤물렌이 모래 구덩이에서 일어나 소리쳤다.

"뭐라고?"

스너프킨이 말했다.

"마법사가 집을 루비로 가득 채웠다는 이야기를 했어. 벽까지 산더미처럼 쌓인 루비는 들짐승의 눈처럼 보이지. 마법사의 집은 지붕이 없어서 그 위를 지나는 구름은 루비의 빛을 받아 피처럼 새빨갛게 물들지."

헤물렌이 말했다.

"이제 겁날 것 같아. 조심해서 이야기해 줘!"

스니프가 한숨을 쉬었다.

"엄청 행복하겠지, 그 마법사는."

스너프킨이 말했다.

"전혀. 왕의 루비를 찾아내기 전까지는. 왕의 루비는 검은 표범의 머리만큼이나 크고, 루비를 들여다보면 타오르는 불꽃을 보는 것만 같지. 마법사는 세상 모든 별을 헤매며 왕의 루비를 찾았어. 해왕성까지도 말이야. 하지만 찾아내지 못했지. 그다지 기대하지 않았지만 분화구를 뒤지러 달에도 갔었지. 마법사는 내심 왕의 루비가 태양에 있다고 믿고 있거든. 그렇지만 마법사는 태양에 갈 수가 없어. 여러 차례 가 보려 했지만 너무 뜨거웠지. 여기까지가 개프지한테 들은 이야기야."

스노크가 말했다.

"괜찮은 이야기였어. 박하사탕이나 하나 더 줘."

스너프킨은 잠깐 동안 말이 없다가 입을 열었다.

"지어 낸 이야기 아니야. 다 사실이라고."

스니프가 소리쳤다.

"난 사실이라고 믿어. 보석 이야기는 진짜 같아!"

스노크가 의심스럽게 물었다.

"그럼 마법사가 있다는 사실을 어떻게 알 수 있지?"

스너프킨이 담뱃대에 불을 붙이면서 말했다.

"내가 봤거든. 해티패티들의 섬에서 마법사랑 마법사의 표범을 봤어. 둘은 천둥 치는 하늘을 내달려 갔어."

무민이 소리쳤다.

"하지만 그때는 아무 말도 하지 않았잖아!"

스너프킨은 어깨를 으쓱하고는 말했다.

"나는 비밀을 간직하기 좋아하니까. 그건 그렇고, 그 개프지는 마법사가 길쭉한 모자를 쓰고 다닌다고 했었어."

무민이 소리쳤다.

"장난치지 마!"

스노크메이든도 소리쳤다.

"그래, 장난치지 마!"

스노크가 말했다.

"그런데."

헤물렌이 물었다.

"무슨 말이야? 너희 무슨 말을 하는 거야?"

스니프가 말했다.

"물론 모자 이야기지. 내가 봄에 찾아낸 그 길쭉한 검은색 모자 말이야! 마법사의 모자! 마법사가 달로 날아갈 때 바람에 날려 왔나 봐!"

스너프킨은 고개를 끄덕였다.

스노크메이든이 깜짝 놀라 말했다.

"그럼 마법사가 모자를 찾으러 오면 어떡하지? 마법사의 빨간 눈은 절대로 쳐다보지 못할 것 같은데!"

무민이 말했다.

"마법사는 아직 저 달 위에 있을 거야. 달은 아주 멀지?"

스너프킨이 말했다.

"꽤 멀지. 마법사가 분화구를 다 뒤지려면 시간도 오래 걸릴 거야."

잠시 걱정스러운 침묵이 감돌았다. 모두 무민 가족의 집 거울 아래에 놓인 서랍 속 검은색 모자를 떠올렸다.

스니프가 말했다.

"불 좀 밝게 켜 줘."

스노크메이든이 속삭였다.

"저 소리 들려? 밖에……."

모두 새까만 동굴 입구를 뚫어지게 바라보면서 귀를 기울였다. 자그맣고 사뿐거리는 소리— 어쩌면 표범이 살금살금 걷는 발걸음 소리일까?

무민이 말했다.

"빗소리야. 비가 오고 있어. 이제 자자."

모두 저마다 모래 구덩이 안으로 기어 들어가 담요를 몸에 휘감았다. 무민은 등불을 껐고, 바스락거리는 가벼운 빗소리를 들으며 미끄러지듯 꿈속으로 빠져들었다.

모래 구덩이에 물이 가득 차자, 헤물렌은 잠에서 깼다. 동굴 바깥에서 속삭이며 내리는 따뜻한 여름비가 작은 시내와 동굴 벽을 타고 폭포처럼 흘러들었고, 안팎으로 흐른 물이 바로 헤물렌의 잠자리 위에서 떨어졌다.

헤물렌이 혼잣말했다.

"이게 뭐야. 끔찍하군."

옷을 비틀어 짠 헤물렌은 날씨를 보러 밖으로 나갔다. 어디나 하나같이 잿빛에 축축한 풍경이라 참담해 보이기까지 했다. 헤물렌은 물놀이를 하고 싶은지 곰곰이 생각해 보았지만, 그럴 마음은 눈곱만큼도 없었다.

헤물렌은 서글퍼졌다.

'도대체가 세상에는 질서라는 게 전혀 없군. 어제는 너무 더웠는데 지금은 너무 축축해. 들어가서 다시 잠이나 자야지.'

스노크가 자고 있는 모래 구덩이가 가장 뽀송뽀송해 보였다.

헤물렌이 말했다.

"좀 비켜 봐. 내 자리에는 빗물이 고였어."

스노크는 다른 쪽으로 몸을 돌리며 말했다.

"안됐네."

헤물렌이 설명했다.

"네 자리에서 자게 코 좀 그만 골아."

그러나 스노크는 조그맣게 그르렁거리며 계속 잤다. 그러자 헤물렌은 앙갚음하려고 자기 모래 구덩이와 스노크의 모래 구덩이를 잇는 도랑을 팠다.

스노크가 축축한 담요를 젖히며 일어나 앉아서 말했다.

"이건 헤물렌답지 못한 짓이야. 네가 이런 방법을 생각해 낼 줄은 꿈에도 몰랐는데!"

헤물렌이 즐거워하며 말했다.

"마음이 시키는 대로 했을 뿐이야! 그나저나 우린 오늘 뭘 하지?"

스노크는 동굴 입구로 얼굴을 내밀어 하늘과 바다를 살펴보았다. 그러더니 노련한 전문가처럼 말했다.

"고기잡이를 할 거야. 애들 깨워. 나는 출항 준비하러 갈게."

스노크는 축축한 모래밭으로 내려가 무민파파가 만든 부잔교로 갔다. 그곳에서 잠시 바다 냄새를 맡았다. 바다는 죽은 듯이 고요했고, 비는 가만가만 내렸으며, 빗방울은 바닷물에 동그라미를 곱게 수놓고 있었다. 스노크는 혼

자 고개를 끄덕이더니 창고에서 가장 큰 주낙 상자를 꺼냈다. 그리고 스너프킨의 봄노래를 휘파람으로 불면서 부잔교 아래에 있던 활어조를 끌어내 낚싯줄에 미끼를 달기 시작했다.

모두 동굴에서 나왔을 때는 이미 주낙 상자에 낚시 준비를 끝낸 뒤였다.

스노크가 말했다.

"그래, 이제야 다들 나왔네. 헤물렌, 돛대를 내리고 노걸이를 집어넣어 줘."

스노크메이든이 물었다.

"꼭 고기잡이를 해야겠어? 오빠는 제대로 낚시할 줄도 모르잖아. 작은 송어라도 한 마리 못 잡으면 속상할 텐데."

스노크가 말했다.

"그렇지만 오늘은 뭔가 잡을지도 모르지. 넌 걸리적거리지 않게 뱃머리에 앉아 있기나 해."

"내가 도울게."

스니프는 이렇게 소리를 지르더니 주낙 상자를 붙잡았다. 스니프가 배 가장자리로 껑충 뛰어내리자 배가 위아래로 출렁거렸고, 덩달아 주낙 상자도 흔들려 미끼 달린 낚싯줄이 절반이나 튀어나와 노걸이와 닻에 걸려 버렸다.

스노크가 말했다.

"잘했어. 아주 잘했어. 뱃일에 능숙한 데다 침착하기까지 해. 무엇보다 남의 일을 존중할 줄 안다니까. 어휴."

헤물렌이 깜짝 놀라 말했다.

"스니프한테 화낼 줄 알았는데."

"화를 내? 내가?"

스노크는 서글픈 웃음을 터뜨리고 말했다.

"선장이 지시할 것도 없는데, 뭘? 지시는 무슨. 주낙 상자를 통째로 배 밖으로 던져 버려. 그럼 뭐든 걸리겠지."

그러더니 스노크는 뱃고물 아래로 기어 들어가 머리에 방수포를 뒤집어썼다.

무민이 말했다.

"정말 큰일 났잖아. 스너프킨, 노를 잡아. 우리가 이 난장판을 해결해야 해. 스니프, 넌 정말 머저리 같아."

스니프가 미안하다는 듯 말했다.

"그래. 어디부터 시작하지?"

무민이 말했다.

"가운데부터. 꼬리가 말려들지 않게 조심해."

스너프킨은 천천히 노를 저어 모험호를 바다로 이끌었다.

이 모든 일이 일어나는 동안 무민마마는 집 안을 아주 흡족하게 돌아보았다. 정원에는 잔잔한 소리를 내며 비가 내리고 있었다. 세상이 평온하고 질서정연하고 고요했다.

무민마마가 혼잣말했다.

"쑥쑥 잘 자라겠구나! 아, 애들을 동굴에 보내서 얼마나 좋은지 몰라!"

무민마마는 잠깐 청소를 하며 양말, 오렌지 껍질, 이상한 돌, 자작나무 껍질 같은 잡동사니를 정리하기로 했다. 무민마마는 음악상자에서 헤물렌이 깜박 잊고 식물 표본집에 넣지 않은 표본 몇 개를 찾아냈다. 무민마마는 표본을 공처럼 한데 뭉치며 생각에 잠겨 가만히 비 내리는 소리에 귀를 기울였다.

"쑥쑥 자라겠구나!"

무민마마는 이렇게 되뇌며 공처럼 한데 뭉친 표본을 떨어뜨렸다. 표본이 마법사의 모자 속으로 떨어지는 것도 알아차리지 못했다. 무민마마는 한숨 자려고 방으로 돌아갔다. 지붕에 빗방울이 떨어지는 소리를 들으며 잠드는 것만큼 무민마마가 좋아하는 일이 또 없었다.

그사이 깊은 바다 속에서는 스노크의 주낙이 물고기를 꾀고 있었다. 주낙은 이미 두어 시간째 잠겨 있었고, 스노크메이든은 지겨워 죽을 지경이었다.

무민이 설명했다.

"무슨 일이 있어도 긴장을 풀면 안 돼. 낚싯바늘에 뭔가 걸려 있을지도 모르니까. 알겠지?"

스노크메이든이 작게 한숨을 내쉰 다음 말했다.

"어쨌든 낚싯바늘을 내렸을 때 블리크* 반 마리를 미끼로 걸었으니까 끌어올리면 농어 한 마리쯤은 있겠지. 그쯤은 예상할 수 있잖아."

스너프킨이 말했다.

"아무것도 없을지도 몰라!"

헤물렌이 말했다.

"머리 큰 물고기가 있을지도 모르지!"

스노크가 마무리했다.

"여자들은 이해할 수 없는 일이야. 이제 끌어올려 보자. 하지만 소리를 지르면 안 돼. 천천히! 천천히!"

첫 번째 낚싯바늘이 올라왔다.

아무것도 걸려 있지 않았다.

두 번째 낚싯바늘이 올라왔다.

역시 아무것도 걸려 있지 않았다.

스노크가 말했다.

"이건 물고기들이 돌아다니고 있다는 증거야. 엄청나게

---

* **블리크**(bleak)_ 잉엇과 물고기.—옮긴이

큰 녀석들이고. 이제 다들 조용히 해."

스노크는 아무것도 걸리지 않은 낚싯바늘 네 개를 끌어올리고 말했다.

"약삭빠른 녀석이네. 우리 미끼를 물고 도망갔잖아. 엄청나게 큰 놈이 분명해."

모두 뱃전에 엎드려 주낙이 드리워진 캄캄한 바다 속을 들여다보았다.

스니프가 물었다.

"어떤 물고기일까?"

스노크가 말했다.

"아무리 못 해도 마멜루크는 되겠지. 여기 좀 봐. 아무것도 걸려 있지 않은 낚싯바늘이 열 개나 더 올라왔어."

스노크메이든이 말했다.

"어휴."

스노크가 낚싯줄을 계속 끌어당기며 화냈다.

"어휴 좀 그만해. 다들 입 다물고 있어. 안 그럼 물고기가 놀라서 달아나 버릴 테니까!"

낚싯바늘이 연달아 주낙 상자에 담겼다. 해초와 바닷말이 한 움큼 올라왔다. 물고기는 없었다. 단 한 마리도 없었다.

갑자기 스노크가 소리를 질렀다.

"조심해! 뭔가 낚싯줄에 걸렸어! 뭔가가 낚싯줄을 잡아당기고 있다고!"

스니프가 소리쳤다.

"마멜루크인가 봐!"

스노크가 애써 침착하게 말했다.

"이제 침착해야 해. 죽은 듯이 조용히들 있어! 물고기가 올라올 거야!"

팽팽했던 낚싯줄이 느슨해졌지만 짙은 초록빛 물속 저 밑에서 흰 물체가 번득였다. 마멜루크의 희멀건 아랫배였을까? 바다 속 신비로운 풍경 가운데 수면을 향해 올라오는 산등성이 같은 무엇인가가 있었다……. 거대하고, 무시무시하며, 굼뜬 무엇인가. 거대한 나무줄기처럼 이끼로

뒤덮인 푸른빛이 배 밑에서 미끄러지듯 올라왔다.

스노크가 소리쳤다.

"뜰채! 뜰채 어디 있어!"

그와 동시에 주위가 파도치는 소리와 흰 거품으로 가득 찼다. 거대한 파도가 밀려들어 모험호를 물마루로 번쩍 들어 올리더니 주낙 상자를 갑판에 내동댕이쳤다. 그러더니 갑자기 다시 조용해졌다.

뱃전에는 끊어진 낚싯줄이 처량하게 늘어졌고, 물속에 이는 거대한 소용돌이는 괴물이 어디로 가는지 보여 주고 있었다.

스노크가 맥없이 스노크메이든에게 물었다.

"방금 그게 농어 같았어? 그런 물고기는 두 번 다시 못 잡을 거야. 두 번 다시 그런 짜릿한 일도 일어나지 않을 거고."

헤물렌이 낚싯줄을 들어 올리며 말했다.

"물고기가 끊어 버렸군. 줄이 너무 가늘었나 본데."

스노크가 손을 들어 두 눈을 가리며 말했다.

"물놀이나 하러 가자."

헤물렌이 무슨 말을 하려고 했지만, 스너프킨이 헤물렌의 정강이를 걷어차 버렸다. 배는 아주 조용해졌다.

조금 뒤, 스노크메이든이 조심스럽게 입을 열었다.

"한 번만 더 해 볼까? 배를 매는 밧줄은 끊어지지 않을 텐데."

스노크는 코웃음을 쳤지만, 잠시 뒤 웅얼거렸다.

"그럼 낚싯바늘은?"

스노크메이든이 말했다.

"주머니칼을 쓰면 돼. 칼날이랑 타래송곳이랑 나사돌리개랑 송곳을 몽땅 펴면 물고기가 걸리지 않을까?"

스노크는 두 눈을 가리고 있던 손을 내리고 말했다.

"그래. 하지만 미끼는?"

스노크메이든이 대답했다.

"팬케이크."

모두 긴장하며 숨죽인 사이, 스노크는 골똘히 생각에 잠겼다.

마침내 스노크가 입을 열었다.

"마멜루크가 팬케이크를 먹으려나."

그 말에 모두 고기잡이가 계속되리라는 것을 알았다.

주머니칼은 헤물렌의 주머니에 들어 있던 철사 토막으로 낚싯줄에 단단히 묶었고, 팬케이크는 칼에 꽂혔다. 이제 미끼를 매단 낚싯줄이 바다 속에 드리워졌다. 모두 말없이 기다렸다.

갑자기 모험호가 들썩거렸다.

스노크가 말했다.

"쉬이이잇! 마멜루크가 입질하고 있어!"

낚싯줄이 한 번 더 홱 끌려갔다. 아까보다도 더 사나웠다. 너무 심하게 끌려간 나머지 모두 갑판에 나뒹굴었다.

스니프가 소리쳤다.

"살려 줘! 마멜루크가 우리를 잡아먹겠어!"

모험호가 뱃머리를 바닷물 속에 살짝 담갔다가 일어나 먼 바다를 향해 세차게 나아가기 시작했다. 낚싯줄은 뱃머리에서 팽팽히 잡아당겨져 있었고, 낚싯줄이 잠긴 물속에는 흰 콧수염 같은 물거품이 양쪽으로 갈라지며 일었다.

마멜루크가 팬케이크를 좋아하는 게 틀림없었다.

스노크가 소리를 질렀다.

"침착해! 배에서는 침착해야 해! 다들 자리를 지켜!"

뱃머리로 기어 간 스너프킨이 소리쳤다.

"마멜루크가 자맥질만 하지 않으면 좋겠는데!"

그러나 마멜루크는 더욱더 먼 바다를 향해 나아갔다. 곧이어 모험호 뒤로 바닷가가 가느다란 선처럼 보였다.

헤물렌이 물었다.

"얼마나 오래 버틸까?"

스니프가 말했다.

"최악의 경우에는 줄을 끊어. 일이 잘못되면 다 너희 책임이야!"

스노크메이든이 고개를 저으며 소리쳤다.

"그건 절대 안 돼!"

이제 마멜루크는 거대한 지느러미를 허공에 휘저으며 방향을 틀더니 바닷가 쪽으로 돌아가기 시작했다.

무릎을 꿇고 뱃머리에 엎드려 마멜루크가 지나간 자리를 내려다보던 무민이 소리쳤다.

"지금은 좀 느려졌어! 마멜루크가 지쳤나 봐!"

마멜루크는 지치기는 했지만 여전히 화내며 버텼다. 마멜루크가 낚싯줄을 홱 잡아당겼다가 이리저리 방향을 트는 바람에 모험호는 위험천만하게 기우뚱거렸다.

마멜루크는 가끔 모험호를 속이려고 가만히 있다가 갑자기 순식간에 앞으로 나아가며 파도가 뱃전을 내리치게 했다. 그러자 스너프킨이 하모니카를 꺼내 사냥 노래를 연주하기 시작했고, 다른 친구들이 박자에 맞추어 발을 쿵쿵 굴리자 갑판이 부들부들 떨렸다. 그때였다! 바로 그 순간, 마멜루크가 배를 까뒤집고 누웠다.

그보다 더 큰 물고기는 본 적이 없었다.

모두 잠시 아무 말 없이 마멜루크를 바라보았다.

스노크가 입을 열었다.

"어쨌든 내가 잡았어!"

스노크메이든이 의기양양하게 말했다.

"그래!"

마멜루크를 뭍으로 끌어 올리는 동안 빗줄기가 거세어졌다. 헤뮬렌의 원피스는 흠뻑 젖었고, 스너프킨의 모자는 제 모양을 잃고 축 늘어졌다.

노 옆에 앉아 추위에 덜덜 떨던 무민이 말했다.

"지금 동굴 안은 꽤 축축하겠지."

잠시 뒤, 무민이 덧붙였다.

"엄마가 걱정하고 계실 거야."

스니프가 말했다.

"이제 슬슬 집으로 돌아가자는 말이구나."

스노크가 말했다.

"그래. 잡은 물고기도 보여 드려야지."

헤뮬렌이 결정했다.

"집으로 돌아가자. 색다른 일은 이만하면 됐어. 끔찍한 이야기랑 몸이 홀딱 젖는 거랑 뭐든 혼자 알아서 해결하는 일 같은 건 오래 할 게 못 돼."

모두 널빤지 위에 마멜루크를 얹은 다음, 힘을 모아 들어 올리고 숲을 지나갔다. 마멜루크는 커다란 입을 쩍 벌리고 있어서 잇새에 나뭇가지가 끼었고, 무게도 수백 킬로 그램이나 나가서 굽이에 들어설 때마다 모두 숨을 돌려야 했다. 비는 점점 더 거세어졌다. 무민 골짜기에 도착했을 때는 빗줄기 때문에 집이 보이지도 않았다.

스니프가 말했다.

"여기에 잠깐 내려놓자."

무민이 화내며 말했다.

"죽어도 안 돼."

그래서 모두 정원을 지나 계속 집으로 갔다. 그때 갑자기 스노크가 걸음을 멈추고 말했다.

"잘못 왔어."

무민이 말했다.

"무슨 소리야. 저기 장작 창고가 있고, 저 아래에는 다리가 있잖아."

스노크가 물었다.

"그래, 맞아. 그런데 집은 어디에 있지?"

이상했다. 너무 이상했다. 무민 가족의 집이 보이지 않았다. 없어져 버렸다. 모두 마멜루크를 금모래가 깔린 계단 앞에 내려놓았다. 정확히 말하자면, 계단도 없었다. 대신……

그러나 우선 무민과 친구들이 마멜루크를 잡는 동안 무민 골짜기에 어떤 일이 일어났는지부터 설명해야겠다.

무민마마를 마지막으로 언급한 건 무민마마가 한숨 자러 갔을 때였다. 그 전에 무민마마는 별다른 생각 없이 헤물렌의 식물 표본을 공처럼 한데 뭉쳐 마법사의 모자에 떨어뜨렸다. 무민마마는 절대로 청소를 하지 말았어야 했다!

무민 가족의 집이 낮잠에 빠져들어 있는 동안, 식물 표본이 마법에 걸려 쑥쑥 자라났다.

마법사의 모자 속에서 천천히 꿈틀거리며 나온 식물 표본은 마룻바닥을 기어갔다. 덩굴손과 새싹이 벽을 더듬어 올라가더니 커튼과 난로 조정 끈까지 기어올랐고, 틈새와 환기구와 열쇠 구멍을 빠져나갔다. 습한 공기를 머금고 꽃이 피었고, 눈 깜짝할 사이에 열매가 익었다. 거대한 잎사귀들은 한데 얽혀 계단을 슬금슬금 올라갔고, 덩굴식물은 탁자 다리를 휘감고 천장까지 올라가서 뒤엉킨 전선 같은 덩굴을 길게 늘어뜨렸다.

식물은 바스락거리며 느릿느릿 자라나며 무민 가족의 집을 채워 나갔고, 거대한 꽃이 피거나 양탄자에 열매가 떨어질 때만 가끔 툭하는 소리가 아주 작게 울렸다. 그러나 무민마마는 빗소리라고 생각하며 몸을 뒤척이기만 했다.

옆방에서는 무민파파가 회고록을 쓰고 있었다. 부잔교를 만든 다음부터는 글로 쓸 만큼 재미있는 일이 일어나지 않아서, 무민파파는 대신 어린 시절 이야기를 쓰고 있었다. 그러는 동안 무민파파는 눈물을 글썽거릴 만큼 마음이 북받쳤다. 무민파파는 아무도 이해해 주지 않던 비범한 영재였다. 나이가 들어서도 어릴 때와 마찬가지로 이해받지 못했기 때문에 삶이 늘 끔찍했다. 글을 쓰고 또 쓰면서 무민파파는 남들이 이 회고록을 읽을 때 얼마나 후회할지 생각했다. 그러자 다시 기분이 좋아진 무민파파가 혼잣말했다.

"그래야 마땅하지!"

그때, 자두 한 알이 툭 떨어져 원고에 푸르고 커다란 얼룩이 졌다.

무민파파가 소리쳤다.

"아니, 이게 무슨 일이람! 무민이랑 애들이 집에 돌아왔나 보군!"

무민파파가 몸을 돌리자마자 노란 산딸기가 무성한 야생 덤불과 마주했다. 무민파파는 깜짝 놀라 펄쩍 뛰었고, 곧이어 책상 위로 푸른 자두비가 후두두 쏟아졌다. 천장에는 초록빛 새싹이 무성하게 달린 나뭇가지가 창문을 향해 느릿느릿 팔을 뻗고 있었다.

무민파파가 소리를 질렀다.

"여보! 일어나서 이리로 좀 와 봐요!"

 무민마마가 깜짝 놀라 일어나 앉았다. 그러고는 작고 새하얀 꽃으로 가득 찬 방과 마주했다. 천장에서 아래로 길게 드리워진 꽃줄기 사이사이로 장식 같은 우아한 이파리가 매달려 있었다.

 무민마마가 말했다.

 "어머, 아름다워라. 무민이 엄마를 기쁘게 해 주려고 꾸몄나 보구나."

 무민마마는 가느다란 꽃줄기 커튼을 한옆으로 살그머니 밀치며 침대에서 내려왔다.

 무민파파가 벽 뒤에서 소리쳤다.

 "여보! 문 좀 열어 줘요! 방에서 나갈 수가 없어요!"

무민마마가 문을 열어 보려고 했지만 헛수고였다. 덩굴 식물의 억센 줄기가 문을 꽉 틀어막고 있었다. 그래서 무민마마는 계단으로 난 창문을 깨서 구멍을 낸 다음 한참 낑낑거린 끝에 빠져나왔다. 계단 위로는 무화과 덤불이 자라나 있었고, 거실은 정글이나 다를 바 없었다.

무민마마가 말했다.

"아이고, 세상에. 모자가 또 말썽을 부렸네."

무민마마는 자리에 주저앉아 야자나무 잎으로 부채질했다.

사향뒤쥐는 욕실에 펼쳐진 고사리 숲을 헤쳐 나오며 비통한 목소리로 말했다.

"식물 수집의 결과를 이런 식으로 맞닥뜨리게 되다니! 헤물렌이 이럴 줄 알았지!"

굴뚝 안을 통과해 지붕 위까지 자라난 리아나*는 초록빛 양탄자처럼 무민 가족의 집을 뒤덮어 버렸다.

무민은 비 내리는 집 밖에 서서 꽃이 쉴 새 없이 꽃덮개를 내고, 열매가 초록에서 노랑으로, 노랑에서 빨강으로 익어 가는 커다란 푸른 언덕을 바라보고 있었다.

스니프가 말했다.

---

* **리아나**(liana)_ 열대산 칡의 일종.—옮긴이

"여기에 집이 있었는데."

무민이 울적하게 말했다.

"집은 저 안에 있어. 그런데 이제는 아무도 못 들어가고, 아무도 못 나와. 두 번 다시는!"

스너프킨은 앞으로 다가가 냄새를 맡아 보며 흥미로워했다. 창문도, 문도 없었다. 야생 식물만 빽빽하게 들어차 있었다. 스너프킨은 덩굴 식물 속으로 발을 내디뎠다. 덩굴 식물은 고무처럼 질겨서 부러지지도 않았고, 그 사이를 헤치고 걸어가려는 스너프킨이 쓰고 있는 모자에 매듭을 옭아 끌어당겼다.

스너프킨이 말했다.

"또 마법이 시작됐어. 성가신데."

그사이 스니프는 식물이 마구 자란 베란다를 뛰어다니다가 소리쳤다.

"지하실에 틈이 나 있어!"

무민이 달려가서 캄캄한 구멍으로 안을 들여다보더니 단호하게 말했다.

"다 같이 들어가자. 하지만 빨리 가야 해. 식물이 자라 버리기 전에!"

모두 줄줄이 지하실의 어둠 속으로 기어 내려갔다.

맨 뒤에 있던 헤물렌이 말했다.

"이봐! 나는 못 들어가겠어!"

스노크가 말했다.

"그럼 밖에서 마멜루크를 지키고 있어. 집에 자란 식물을 채집하든지."

불쌍한 헤물렌이 비 내리는 집 밖에서 조그만 소리로 낑낑대는 동안, 다른 친구들은 지하실 계단을 더듬더듬 올라갔다.

무민이 말했다.

"다행이야. 문이 열려 있어. 덜렁대는 게 좋을 때도 있다니까!"

스니프가 말했다.

"문 잠그는 걸 깜박한 건 나야. 그러니까 나한테 고마워해."

모두 이상한 광경을 맞닥뜨렸다. 사향뒤쥐가 끝이 갈라진 나뭇가지에 앉아 배를 먹고 있었다.

무민이 물었다.

"엄마는 어디 계세요?"

사향뒤쥐가 씁쓸하게 말했다.

"자네 모친은 부친을 방에서 꺼내려 애쓰고 있다네. 사향뒤쥐의 천국은 조용한 곳이었으면 싶군. 이제 이 몸은 곧 끝장 날 테니!"

모두 귀를 기울였다. 요란한 도끼질에 주위 나뭇잎이 흔들렸다. 무너지는 소리가 들리더니 뒤이어 기쁨의 함성이 들렸다. 무민파파가 밖으로 나왔다!
　무민이 소리를 지르며 정글을 헤치고 계단으로 갔다.
　"엄마! 아빠! 저 없는 동안 도대체 무슨 일을 벌이신 거예요?"
　무민마마가 말했다.
　"자, 자. 얘야. 우리가 또 마법사의 모자에 주의를 게을리 했구나. 이리 올라와 보렴! 옷장에서 구스베리 덤불을 찾았단다!"
　즐거운 오후였다. 무민이 타잔이고, 스노크메이든이 제인인 원시림 놀이를 했다. 스니프는 타잔의 아들이었고, 스너프킨은 침팬지 치타였다. 스노크는 오렌지 껍질로 가짜 입을 만들어 달고는* 덤불을 기어 다니며 악역을 맡았다.

　무민이 리아나로 올라가며 말했다.
　"타잔 헝그리. 타잔 이트 나우!"
　스니프가 물었다.

---

* 여러분의 엄마에게 물어보라. 엄마는 어떻게 만드는지 알고 있다!―지은이

"뭐라는 거야?"

스노크메이든이 말했다.

"지금 먹겠대. 무민은 저 말밖에 할 줄 몰라. 이제 알겠어? 저 말은 영어인데, 정글에서는 다들 저런 말을 써."

옷장 위에서 타잔이 원시적으로 포효하자, 제인과 야생 친구들이 화답했다.

사향뒤쥐가 중얼거렸다.

"적어도 상황이 이보다 더 악화될 수는 없겠군."

사향뒤쥐는 다시 고사리 숲으로 몸을 피해 귓속으로 아무것도 자라지 못하도록 머리에 수건을 둘러맸다.

"이제 제인을 잡아 가겠다!"

스노크가 이렇게 소리치며 스노크메이든의 꼬리를 잡아끌고 거실 탁자 아래 동굴로 갔다. 무민은 타잔과 제인의 집인 샹들리에로 돌아오자마자 무슨 일이 일어났는지 알아차렸다. 그래서 멋들어진 밧줄 장치를 타고 내려가 포효로 정글을 뒤흔들면서 제인을 구하러 내달렸다.

무민마마가 말했다.

"어머, 세상에. 그래도 재미있나 보네."

무민파파가 말했다.

"나도 그래요. 바나나 하나만 주겠어요?"

저녁때까지 모두 이렇게 놀았다. 아무도 지하실 문에 식물이 자라나고 있다는 사실을 신경 쓰지 않았고, 아무도 불쌍한 헤물렌을 떠올리지 않았다.

　헤물렌은 젖은 옷을 다리 사이에 축 늘어뜨린 채 앉아 마멜루크를 지키고 있었다. 가끔 사과 한 알을 따 먹거나, 정글에 핀 꽃송이를 따서 꽃술이 몇 개인지 세기도 했지만 주로 한숨을 내쉬었다.

　비가 그쳤고, 노을이 지기 시작했다. 그리고 태양이 저무는 순간, 무민 가족의 집 주위에 펼쳐진 초록빛 언덕에 새로운 일이 일어나기 시작했다. 열매가 시들어 땅으로 떨어졌다. 꽃은 축 늘어졌고, 잎은 돌돌 말렸다. 집 주위가 바스락대며 타닥거리는 소리로 가득 찼다. 헤물렌은 그 모습을 잠깐 쳐다보고는 나뭇가지 하나를 살짝 잡아 당겼다. 부싯깃처럼 메마른 나뭇가지가 곧바로 부러져 버렸다. 그러자 헤물렌에게 좋은 생각이 한 가지 떠올랐다. 잔가지와 나뭇가지를 잔뜩 모아 높이 쌓아 올린 헤물렌은 성냥을 찾으러 장작 창고로 갔고, 그다음 정원으로 난 길 한복판에서 불꽃 튀는 소리를 내는 화톳불을 지폈다.

　불가에 앉은 헤물렌은 행복하고 만족스럽게 치마를 말렸다. 잠시 뒤, 또 다른 생각이 떠올랐다. 그래서 헤물렌은 초인적인 힘을 내서 마멜루크의 지느러미를 불 속으로 끌어당겼다. 구운 물고기의 맛은 기막히게 맛있었다.

 그래서 무민 가족과 친구들이 베란다를 지나 문을 열어 젖혔을 때, 이미 마멜루크의 7분의 1을 먹어치워 기분 좋아진 헤물렌을 보게 되었다.
 스노크가 말했다.
 "이 비열한 자식! 이제 내가 잡은 물고기 무게를 잴 수가 없잖아!"
 살면서 가장 행복한 날을 보내던 헤물렌이 말했다.
 "내 몸무게를 재서 더해."
 무민파파가 말했다.
 "이제 원시림을 태워 버리자꾸나."
 그래서 모두 집에서 쓰레기 더미를 몽땅 들어내어 무민

골짜기에서 피운 모닥불 가운데 가장 큰 모닥불을 지폈다.

　마멜루크는 통째로 불등걸에 구워 코끝까지 먹어치웠다. 그러나 모두 그 뒤로도 오랫동안 마멜루크가 계단에서 아래 장작 창고에 닿을 만큼 길었는지, 아니면 고작 라일락 덤불까지만 닿을 만큼 길었는지를 두고 입씨름을 했다.

여섯 번째 이야기

수수께끼의 여행 가방을 들고
그로크에게 쫓기는 토프슬란과 비프슬란이 나타나고,
스노크가 재판을 이끌다

8월 초 어느 이른 아침, 산을 넘어온 토프슬란과 비프슬란이 스니프가 마법사의 모자를 찾아냈던 곳 근처에 도착했다.

토프슬란과 비프슬란은 산꼭대기에서 걸음을 멈추고 무민 골짜기를 내려다보았다. 토프슬란은 머리에 빨간 모자를 쓰고 있었고, 비프슬란은 커다란 여행 가방을 들고 있었다. 둘은 아주 먼 길을 와서 꽤 지쳐 있었다. 저 발밑 아래에 우거진 자작나무와 사과나무 사이로 무민 가족의 집 굴뚝에서 연기가 피어올랐다.

비프슬란이 말했다.

"연기슬란 난슬란."

토프슬란이 고개를 끄덕이며 말했다.

"뭔가슬란 끓이슬란 있슬란."

둘은 토프슬란 종족과 비프슬란 종족이 쓰는 특유의 이상한 말투로 이야기하며 골짜기로 내려가기 시작했다. 남들은 이해할 수 없어도, 둘은 서로 무슨 말을 하는지 알아들었다.

토프슬란이 말했다.

"우리슬란 들어가슬란 있슬란?"

비프슬린이 밀했다.

"상황슬란 따라슬란 다르겠슬란. 저 집슬란 우리슬란 험하슬란 대하슬란 놀라슬란 마슬란."

토프슬란과 비프슬란은 무민 가족의 집으로 살금살금 걸어가서는 계단에서 걸음을 멈추고 망설였다.

토프슬란이 말했다.

"문슬란 두드려슬란? 소리슬란 지르슬란 어쩌슬란."

그때 무민마마가 창문 밖으로 고개를 내밀며 소리쳤다.

"커피 마시자!"

토프슬란과 비프슬란은 겁이 나서 감자를 넣어두는 지하실 틈새로 뛰어들었다.

무민마마가 펄쩍 뛰며 말했다.

"이런. 생쥐 두 마리가 지하실로 들어갔구나. 스니프, 생쥐들에게 우유를 좀 가져다주렴!"

그때 계단 앞에 놓여 있는 여행 가방이 무민마마의 눈에 띄었다.

"짐도 있네."

무민마마는 곰곰이 생각했다.

"어머, 그럼 생쥐들이 우리 집에 머물지도 모르겠네."

무민마마는 침대를 두 개 더 만들어 달라고 부탁하려고 무민파파를 찾아 나섰다. 침대는 정말이지 아주 작아야 했다. 그사이 겁에 질려 감자 더미 속에 파고든 토프슬란과 비프슬란은 눈만 빼꼼히 내놓고 무슨 일이 일어날지 기다리고 있었다.

비프슬란이 중얼거렸다.

"어쨌든슬란 커피슬란 끓이슬란."

토프슬란이 속삭였다.

"누가슬란 와슬란! 입슬란 닫슬란 조용슬란 해슬란!"

지하실 문이 삐걱거리더니 한 손에는 등불을, 다른 손에는 우유가 담긴 그릇을 든 스니프가 계단 꼭대기에 서 있었다.

스니프가 말했다.

"안녕! 어디 있어?"

토프슬란과 비프슬란은 더 깊이 숨어들어 서로 꼭 껴안았다.

스니프가 조금 더 크게 말했다.

"우유 먹을래?"

비프슬란이 속삭였다.

"우리슬란 속이슬란 있슬란."

스니프가 화가 나서 말했다.

"내가 반나절 동안 여기 서 있을 줄 안다면 착각이야. 그렇게 생각하면 못됐거나 멍청한 거지. 제대로 된 문으로 들어올 줄도 모르는 늙고 바보 같은 생쥐들 같으니!"

그러자 기분 상한 비프슬란이 입을 열었다.

"댁슬란 생쥐슬란!"

스니프가 말했다.

"세상에, 다른 말을 쓰는 곳에서 왔나 봐. 무민마마가 직접 보는 게 낫겠다."

스니프는 지하실 문을 잠그고 부엌으로 뛰어 들어갔다.

무민마마가 물었다.

"그래. 생쥐들이 우유를 먹었니?"

스니프가 말했다.

"희한한 말을 해요. 무슨 말인지 아무도 못 알아들을걸요!"

앉아서 헤물렌과 카다멈*을 빻던 무민이 말했다.

"어떻게 들렸는데?"

스니프가 말했다.

"댁슬란 생쥐슬란!"

무민마마는 한숨을 내쉬고 말했다.

"일이 잘 돌아가는구나. 그 친구들이 생일 후식으로 뭘 먹고 싶은지, 베개를 얼마나 높게 베고 싶은지 어떻게 안담!"

무민이 말했다.

"우리가 걔들 말을 배우면 돼요. 쉬워 보이는데요. 옷슬란, 앗슬란, 옷슬란."

헤물렌이 신중하게 말했다.

"나는 알아들었어. 스니프한테 생쥐라고 말한 거야."

스니프는 얼굴이 새빨개져서 고개를 홱 들고 말했다.

"그렇게 똑똑하면 네가 직접 가서 녀석들이랑 말해 보시지."

헤물렌은 지하실 계단으로 터벅터벅 걸어가서는 상냥한

---

* **카다멈**(Cardamom)_ 인도의 생강과 향신료.—옮긴이

목소리로 소리쳤다.

"잘 왔슬란, 잘 왔슬란!"

토프슬란과 비프슬란은 감자 더미에서 고개를 내밀고 헤물렌을 쳐다보았다.

헤물렌이 말을 이었다.

"우유슬란! 맛있슬란!"

그러자 토프슬란과 비프슬란은 살금살금 계단을 올라가 거실로 들어갔다.

스니프는 토프슬란과 비프슬란이 자기보다 훨씬 더 작다는 사실을 확인하자 우쭐한 마음에 친근하게 말했다.

"안녕. 만나서 반갑군."

"고맙슬란. 반갑슬란!"

비프슬란이 물었다.

"커피슬란 끓이슬란?"

무민마마가 물었다.

"지금 저 친구들이 뭐라는 거니?"

헤물렌이 말했다.

"배고픈가 봐요. 하지만 아직도 스니프 생김새에는 호감이 가지 않나 봐요."

스니프가 화가 나서 말했다.

"그럼 이 말이나 전해 줘. 나도 쟤들처럼 청어 같이 생긴 얼굴은 처음 본다고 말이야. 난 이제 나갈래."

헤물렌이 말했다.

"스니프슬란 화나슬란. 바보슬란!"

무민마마가 걱정스럽게 말했다.

"어쨌든 들어와서 커피 마시렴."

무민마마가 토프슬란과 비프슬란에게 베란다로 가는 길을 알려 주는 동안, 그 뒤를 따라가는 헤물렌은 통역가라는 새로운 역할에 무척 자랑스러워했다.

이렇게 해서 토프슬란과 비프슬란은 무민 가족의 집에 살게 되었다. 둘은 소리를 많이 내지 않았고, 언제나 서로 손을 잡고 다녔다. 또한 어디에서나 여행 가방을 들고 있었다. 그러나 노을이 지기 시작하자 둘은 눈에 띄게 불안해하며 계단을 바삐 오르내리다가 양탄자 아래로 숨어들었다.

헤물렌이 물었다.

"무슨슬란 일슬란?"

비프슬란이 속삭였다.

"그로크슬란 와슬란!"

헤물렌은 조금 겁내며 말했다.

"그로크? 그게 누구지?"

토프슬란은 눈을 크게 뜨고 이를 드러내 보이며 할 수 있는 한 몸을 크게 했다.

비프슬란이 말했다.

"잔인슬란 끔찍슬란! 그로크슬란 오니슬란 문슬란 닫아슬란!"

헤물렌이 무민마마에게 달려가 말했다.

"토프슬란이랑 비프슬란이 그러는데, 잔인하고 끔찍한 그로크가 여기 올 거래요. 밤에는 문이란 문은 다 잠가야 해요!"

무민마마가 걱정스럽게 말했다.

"하지만 우리 집은 지하실 문만 잠기잖니. 손님들이 올 때마다 이런 일이 일어나는구나."

무민마마는 무민파파에게 이 일을 이야기하러 갔다.

무민파파가 말했다.

"우리는 무장을 하고 가구를 문 앞에 옮겨 놓아야 해요. 그런 엄청나게 큰 그로크는 위험할지도 몰라요. 내가 거실에 자명종을 맞춰 놓을게요. 그리고 토프슬란과 비프슬란은 내 침대 밑에서 자야겠어요."

그러나 이미 옷장 서랍으로 기어 들어간 토프슬란과 비프슬란은 다시 나오려 하지 않았다.

무민파파는 고개를 내젓고는 산탄총을 찾으러 장작 창

고로 갔다.

바깥은 이미 8월 저녁에 걸맞게 어두웠고, 정원에는 검은 우단 같은 그림자가 깔렸다. 숲에서는 음울한 바람 소리가 났고, 반딧불이가 불을 밝히고 있었다.

산탄총을 찾던 무민파파는 조금 으스스한 기분이 들었다. 그로크가 덤불 뒤에 누워 있기라도 한다면! 무민파파는 그로크가 어떻게 생겼는지 몰랐다. 그리고 무엇보다 그로크가 얼마나 큰지 몰랐다.

무민파파가 베란다로 돌아와 문을 소파로 막으며 말했다.

"등불을 밤새 켜 놓아야겠다! 각자 경보 준비도 해 놓아야 해. 스너프킨도 오늘 밤에는 집 안에서 자렴."

기분 나쁜 긴장감이 감돌았다.

무민파파는 옷장 서랍을 두드리며 말했다.

"우리가 너희를 지켜 주마!"

그러나 서랍 속에서는 아무 대답도 없었다. 무민파파는 혹시나 토프슬란과 비프슬란이 이미 붙잡혀 간 것은 아닌지 살펴보려고 서랍을 열었다. 그러나 둘은 평온하게 잠들어 있었고, 곁에는 여행 가방이 놓여 있었다.

무민파파가 말했다.

"그럼 이제 잠자리에 들까나. 하지만 그 전에 모두 무장을 하자!"

크나큰 걱정을 안고 한참 수다를 떤 끝에 저마다 방으로 돌아갔고, 무민 가족의 집은 침묵에 잠겼다. 거실 탁자에 놓인 등불만 혼자 타오르고 있었다.

 12시가 되었다. 조금 더 지나, 시계가 1시를 알렸다. 2시가 조금 넘었을 때, 사향뒤쥐가 볼일을 보려 잠에서 깼다. 사향뒤쥐는 졸음이 오는 몸을 이끌고 살금살금 베란다 문으로 향했다. 그리고 소파 앞에서 깜짝 놀라 걸음을 멈추었다. 무거운 소파가 문을 바라보고 서 있었다.

 "도대체 무슨 생각이란 말인가."

 사향뒤쥐는 이렇게 중얼거리며 온 힘을 다해 소파를 끌어 당겼다. 그러자 무민파파가 맞추어 두었던 자명종이 울리기 시작했다.

 집 안이 눈 깜짝할 새에 비명과 산탄총 쏘는 소리와 발 구르는 소리로 가득 찼다. 모두 저마다 도끼, 가위, 돌, 삽, 칼과 갈퀴를 들고 거실로 뛰어 내려와 사향뒤쥐를 쳐다보았다.

 무민이 소리쳤다.

 "그로크는 어디 있어요?"

 사향뒤쥐가 화가 나서 말했다.

 "어휴, 나였다. 나는 그저 잠시 볼일을 보러 나가려 했을 뿐이야. 너희의 그 어리석은 그로크 따위는 내 안중에도 없단 말이다."

스노크가 말했다.

"그럼 얼른 다녀오세요. 하지만 두 번 다시 그러시면 안 돼요!"

스노크가 베란다 문을 열었다.

그때 그로크가 보였다. 모두 그로크를 보았다. 그로크는 금모래 깔린 계단 앞에 꼼짝 않고 앉아 둥글고 표정 없는 눈으로 모두를 뚫어지게 쳐다보고 있었다.

그로크는 유별나게 크지도 않았고, 남달리 위험해 보이지도 않았다. 그저 지독스럽게 언제까지고 그 자리에 그대로 있을 것만 같았다.

아주 끔찍한 느낌이었다.

아무도 그로크를 공격할 준비가 되어 있지 않았다. 그로크는 잠깐 동안 그 자리에 있다가, 미끄러지듯 정원의 어둠 속으로 사라졌다. 그러나 그로크가 앉았던 자리는 얼어붙어 있었다.

스노크는 문을 닫고 덜덜 떨며 말했다.

"불쌍한 토프슬란과 비프슬란. 헤물렌, 그 친구들이 일어났는지 좀 봐 줘."

토프슬란과 비프슬란은 일어나 있었다.

비프슬란이 물었다.

"그로크슬란 갔슬란?"

헤물렌이 말했다.

"마음슬란 놓슬란 자슬란."

토프슬란은 작게 한숨을 내쉬고 말했다.

"고맙슬라!"

그리고 둘은 계속 잠을 자려고 가방을 들고 서랍 깊숙이 들어갔다.

무민마마가 도끼를 내려놓으며 물었다.

"그럼 다시 잠자리에 들어도 괜찮을까?"

무민이 말했다.

"네, 그러세요. 스너프킨이랑 제가 날이 밝을 때까지 지키고 있을게요. 하지만 혹시 모르니까 엄마 손가방은 베개 밑에 두세요."

무민과 스너프킨은 거실에 앉아 아침까지 카드놀이를 했다. 그날 밤, 그로크는 다시 나타나지 않았다.

다음 날 아침, 헤물렌이 걱정스러운 얼굴로 부엌에 가서 말했다.

"토프슬란이랑 비프슬란하고 이야기를 했는데요."

무민마마가 한숨을 내쉬며 말했다.

"그래, 이번에는 또 무슨 일이니?"

헤물렌이 말했다.

"그로크가 원하는 건 둘의 여행 가방이래요."

무민마마가 소리쳤다.

"아니, 무슨 그런 짐승 같은 녀석이 다 있담! 그 조그만 애들 물건을 빼앗으려 들다니!"

헤물렌이 말했다.

"그러게요. 그런데 딱 한 가지 문제 때문에 일이 복잡하게 꼬였어요. 그 가방이 원래 그로크 것인가 봐요."

무민마마가 말했다.

"흠, 정말 일이 복잡하구나. 스노크랑 이야기해 봐야겠다. 스노크는 모든 일을 잘 해결하잖니."

스노크는 무척 흥미로워하며 말했다.

"희한한 경우네요. 이 문제로 회의를 열어야 해요. 모두 라일락 덤불로 3시까지 오세요."

후텁지근하고 아름다운 오후였고, 향기로운 냄새와 윙윙대는 벌이 주위에 가득했다. 늦여름의 농익은 빛깔로 화려하게 빛나는 정원은 아름다운 꽃다발 같았다.

사향뒤쥐의 그물침대는 덤불 사이에 팽팽히 걸려 있었고, 다음과 같은 글이 적힌 명판도 있었다.

"그로크 측 검사"

스노크는 상자 위에 앉아 대팻밥으로 만든 가발을 쓰고 모두를 기다리고 있었다. 누가 봐도 스노크가 판사라는 사실을 알 수 있었다. 스노크의 맞은편에는 누가 봐도 피고석인 널빤지 위에 토프슬란과 비프슬란이 앉아 버찌를 먹고 있었다.

(토프슬란과 비프슬란이 자기한테 생쥐라고 말했던 일을 잊어버리지 않았던) 스니프가 말했다.

"내가 검사를 맡겠다고 해야지."

헤물렌이 말했다.

"그럼 나는 둘의 변호인이 되겠어."

스노크메이든이 물었다.

"그럼 나는?"

스노크가 말했다.

"너는 여론. 무민은 증인. 스너프킨도 참여할 거면 서기를 맡아. 대신 정확하게 해야 해!"

스니프가 말했다.

"피고 측 변호인은 왜 없어?"

스노크가 말했다.

"필요 없어. 그로크가 옳으니까. 자, 그럼 준비됐지? 좋아. 시작하자."

스노크가 망치로 상자를 세 번 두드렸다.

토프슬란이 물었다.

"다슬란 이해슬란?"

"전혀슬란."

이렇게 대답한 비프슬란은 버찌씨를 훅 불어 판사 쪽으로 날렸다.

스노크가 말했다.

"본 판사가 묻는 질문에만 대답하세요. '예' 혹은 '아니오'로. 다른 말은 하면 안 됩니다. 여행 가방은 본인들의 물건이 맞습니까?"

토프슬란이 대답했다.

"네슬란!"

비프슬란이 대답했다.

"아니요슬란!"

스니프가 소리쳤다.

"서로 말이 안 맞는다고 적어!"

스노크는 상자를 두드리며 소리쳤다.

"정숙하세요! 이제 본 판사는 마지막으로 여행 가방이 누구의 것인지 묻겠습니다."

비프슬란이 말했다.

"우리슬란 거슬란!"

헤물렌이 통역해 주었다.

"자기들 거래요. 아침에는 정반대로 말했어요."

스노크가 안도하며 말했다.

"좋습니다. 그럼 가방을 그로크에게 주지 않아도 좋습니다. 그러나 본 판사가 준비한 이 모든 것에 대해서는 유감을 표합니다."

헤물렌이 말했다.

"토프슬란이 이렇게 말하네요. 가방 안에 들어 있는 것만 그로크 거라고요."

스니프가 말했다.

"하! 이제 알겠네. 이 일은 이쯤에서 끝내. 그로크는 가방 안에 들어 있는 자기 물건을 돌려받고, 저 청어 낯짝을 한 녀석들은 자기들 여행 가방을 계속 갖고 있으면 되잖아."

헤물렌이 똑똑히 말했다.

"이대로 끝내면 안 돼! 문제는 가방 안에 든 물건을 누가 갖느냐가 아니라, 그 물건에 대한 권리가 누구한테 더 많이 있느냐는 거야! 여러분 모두 그로크를 봤잖아요. 이제 묻지요. 그로크가 가방 안에 든 물건에 소유권이 있는 것처럼 보였나요?"

스니프가 깜짝 놀라 말했다.

"맞는 말이야. 헤물렌, 너 진짜 똑똑하다! 하지만 그로크는 아무도 자길 좋아해 주지 않고, 자기도 모두를 싫어하는데 얼마나 외롭겠어! 가방 안에 든 건 어쩌면 그로크한테 딱 하나뿐인 자기 물건인지도 몰라! 그런데 이제 그마저 빼앗기게 되다니! 밤마다 혼자 외롭게 겉돌기나 하는데."

스니프는 떨리는 목소리로 말을 이어 나갔다.

"토프슬란이랑 비프슬란한테 사기당해서 단 하나뿐인 자기 물건을……."

스니프는 코를 푸느라 말을 이어 나갈 수가 없었다.

스노크가 상자를 두드린 다음 말했다.

"그로크는 변론이 필요 없습니다. 게다가 스니프나 헤물렌의 견해에는 개인적인 감정이 섞여 있습니다. 증인들, 나와서 증언하세요!"

무민 가족이 말했다.

"우리는 토프슬란과 비프슬란을 굉장히 좋아합니다. 그로크를 싫어하고요. 그로크가 가방 안에 든 자기 물건을 돌려받아야 한다면 유감입니다."

스노크가 엄숙하게 말했다.

"옳은 건 옳은 겁니다. 공정성을 지키세요! 무엇보다 토프슬란과 비프슬란은 옳고 그름을 구별할 줄 모릅니다. 저 둘은 날 때부터 그러했으니 어쩔 수 없습니다. 검사, 할 말 있습니까?"

그러나 사향뒤쥐는 그물침대에서 잠들어 버린 뒤였다.

스노크가 말했다.

"그렇지. 관심 없는 분이었지. 선고를 내리기 전에 해야

할 말은 모두 했습니까?"

여론이 말했다.

"저기, 가방 안에 든 물건이 무엇인지 알아보면 해결할 수 있지 않을까요?"

토프슬란이 다시 속삭였다. 헤물렌이 고개를 끄덕이고 말했다.

"비밀입니다. 토프슬란과 비프슬란은 가방 안에 든 물건이 세상에서 가장 아름다운 것이라고 생각하지만, 그로크는 그저 가장 비싼 것이라고 생각한답니다."

스노크는 이맛살을 찌푸린 채 여러 번 고개를 주억거리더니 말했다.

"골치 아픈 사건입니다. 토프슬란과 비프슬란은 거짓 없는 주장을 했지만, 어쨌든 옳지 못한 행동을 했습니다. 그리고 옳은 것은 옳은 겁니다. 생각할 시간이 필요하니 여러분 모두 조용히 하세요."

라일락 덤불이 고요해졌다. 여전히 벌들은 윙윙거렸고, 햇볕을 받은 정원은 이글거렸다.

갑자기 싸늘한 공기가 잔디를 어루만졌다. 태양이 구름 속으로 들어가 정원이 잿빛에 휩싸였다.

스너프킨이 공판 기록문에서 고개를 들고 말했다.

"방금 무슨 일이 일어났지?"

스노크메이든이 말했다.

"그로크가 다시 나타났어."

얼어붙은 잔디 위에 앉은 그로크가 모두를 뚫어지게 바라보고 있었다.

그로크가 토프슬란과 비프슬란을 향해 천천히 눈길을 돌렸다. 그러더니 으르렁거리며 몸을 끌고 다가왔다.

토프슬란이 소리를 질렀다.

"도와주슬란! 우리슬란 살려슬란!"

스노크가 말했다.

"그로크, 멈춰! 너한테 할 말이 있어!"

그로크가 걸음을 멈추었다.

스노크가 말했다.

"생각은 다 했어. 토프슬란과 비프슬란이 가방에 든 물건을 사면 어떻겠어? 얼마에 팔래?"

그로크가 얼음장 같은 목소리로 말했다.

"비싸게!"

스노크가 물었다.

"해티패티들의 섬에 있는 내 황금산이면 될까?"

그로크는 고개를 저었다.

무민마마가 말했다.

"너무 추워졌구나. 숄 좀 가져오마."

무민마마는 서리가 기어가는 그로크의 흔적을 따라 정원을 뛰어가서 베란다로 올라갔다.

그때 무민마마에게 좋은 생각이 떠올랐다. 무민마마는 기뻐서 어쩔 줄 몰라 하며 마법사의 모자를 집어 들었다.

"그로크가 모자 값을 높이 쳐 주면 좋겠는데!"

무민마마가 재판정으로 돌아가자마자 잔디 위에 모자를 내려놓고 말했다.

"무민 골짜기를 통틀어 가장 값비싼 물건이 여기 있어요! 그로크, 이 모자에서 무엇이 자라났는지 알아요? 정말 아름답고 탈 수도 있는 작은 구름들, 주스로 변한 물과 과일나무들이었지요! 세상에서 단 하나뿐인 마법 모자예요!"

그로크가 비아냥거렸다.

"어디 한번 증명해 보시지!"

그러자 무민마마는 모자에 버찌 두어 알을 집어넣었다. 모두 쥐 죽은 듯 조용히 기다렸다.

스너프킨이 헤물렌에게 귓속말을 했다.

"무서운 일만 일어나지 않았으면 좋겠군."

천만 다행이었다. 그로크가 모자를 들여다보았을 때, 그 안에는 빨간 루비 한 줌이 들어 있었다.

무민마마가 기쁘게 말했다.

"거봐요! 그리고 만약 호박을 모자 안에 넣으면 어떻게 될지 생각해 봐요!"

그로크는 모자를 보았다. 토프슬란과 비프슬란도 보았다. 그로크는 다시 모자를 보았다. 그로크가 아주 골똘히 생각하는 것이 틀림없었다.

끝내 마법사의 모자를 움켜쥔 그로크는 한마디 말도 없이 으스스한 그림자처럼 미끄러지듯 사라졌다. 바로 이때가 무민 골짜기에서 마지막으로 그로크를 만난 순간이었고, 마법사의 모자가 자취를 감춘 순간이었다.

곧바로 주위는 다시 온기를 되찾았고, 윙윙거리는 소리와 향기 나는 여름이 이어졌다.

무민마마가 말했다.

"우리가 그 모자한테서 벗어나서 다행이야. 이번만큼은 모자가 이치에 맞는 일을 만들어 냈구나."

스니프가 말했다.

"하지만 구름은 재미있었는데."

무민이 침울하게 말했다.

"원시림 타잔 놀이도."

비프슬란이 피고석 널빤지에 세워져 있던 가방을 집어 들고 기쁘게 말했다.

"가슬란 버려슬란 참슬란 좋슬란!"

토프슬란은 비프슬란의 손을 잡으며 말했다.

"경이적이슬란."

토프슬란과 비프슬란이 무민 가족의 집으로 돌아가는 동안, 다른 이들은 둘의 뒷모습을 눈으로 좇으며 서 있었다.

스니프가 물었다.

"쟤들이 뭐래?"

헤물렌이 대답했다.

"좋은 저녁 보내래. 대충 그런 뜻이었어."

마지막 이야기

스너프킨이 길을 떠나고, 가방 속 수수께끼가 풀리고,
무민마마가 손가방을 잃어버렸다가 되찾아 큰 잔치를 열고,
마법사가 무민 골짜기에 오다

8월 말이었다. 밤이면 부엉이가 울었고, 새까만 박쥐 떼가 날아들어 정원 위를 소리 없이 맴돌았다. 숲은 섬광으로 가득했고, 바다는 들썩였다. 어디에나 기대감과 서글픔이 감돌았고, 커다란 달은 따사로운 빛깔을 내뿜었다. 무민은 늘 여름의 마지막 한 주가 가장 좋았는데, 왜 좋은지는 설명하지 못했다.

바람소리도 파도소리도 달라졌고, 세상 모든 것이 변

화의 기미를 보였고, 나무들은 가만히 서서 때를 기다리고 있었다.

잠에서 깬 무민은 그대로 누운 채 천장을 바라보며 생각했다.

'뭔가 색다른 일이 일어나지 않으려나.'

무민은 곰곰이 생각을 이어 나갔다.

'이른 아침이니까 햇빛이 나겠지.'

고개를 돌린 무민은 텅 빈 스너프킨의 침대를 보았다.

그 순간, 남들은 모르는 신호가 창문 아래에서 들려왔다. "오늘은 어떤 계획이 있어?"라는 뜻으로 긴 휘파람 한 번, 짧은 휘파람 두 번이었다.

무민은 침대에서 뛰쳐나와 밖을 내다보았다. 아직 그림자에 파묻혀 있는 정원이 서늘했다. 그리고 그곳에 스너프킨이 무민을 기다리며 서 있었다.

"유—후."

무민은 다른 이들을 깨우지 않으려고 나직이 소리친 다음, 곧바로 줄사다리를 타고 내려갔다.

무민이 말했다.

"안녕."

스너프킨이 말했다.

"안녕, 안녕."

무민과 스너프킨은 강으로 내려가 다리 난간에 앉아 강물 위로 두 다리를 달랑거렸다. 이제 숲 꼭대기 위로 떠오른 태양이 둘의 얼굴을 환히 밝혀 주고 있었다.

무민이 말했다.

"우리는 올봄에도 딱 이렇게 앉아 있었어. 그때는 겨울잠에서 깬 날이었지. 우리 빼고 모두 잠들어 있었고."

강 하류로 떠내려 보낼 갈대배를 만들고 있던 스너프킨이 고개를 끄덕였다.

무민이 물었다.

"배는 어디로 갈까?"

스너프킨이 말했다.

"내가 있지 않은 곳으로 가겠지."

갈대배들은 연달아 물굽이를 돌아 모습을 감추었다.

무민이 말했다.

"계피랑 상어 이빨이랑 에메랄드를 싣고 말이지."

스너프킨이 한숨을 내쉬었다.

무민이 말했다.

"네 계획을 말해 줬던가? 계획은 세웠어?"

스너프킨이 말했다.

"응. 계획은 있어. 하지만 외로운 계획이야. 알겠지?"

무민은 아주 오랫동안 스너프킨을 바라보다가 입을 열

었다.

"떠날 생각이구나."

스너프킨은 고개를 끄덕였다.

무민과 스너프킨은 잠깐 동안 자리에 앉아 아무 말 없이 두 다리를 달랑거리며 흔들었다. 둘의 발밑에서 강물은 끊임없이, 줄곧, 스너프킨이 그리워하며 홀로 떠나려 하는 낯선 곳을 향해 흘러가고 있었다.

무민이 물었다.

"언제 떠나는데?"

스너프킨이 갈대배들을 한꺼번에 강물에 던져 넣으며 말했다.

"지금 당장!"

스너프킨은 다리 난간에서 뛰어내려 상쾌한 아침 공기를 들이마셨다. 떠나기 좋은 날이었다.

산등성이는 햇빛을 받아 빨갛게 달아올랐고, 길은 산등성이를 향해 구부러져 올라가다 다른 쪽으로 사라졌다. 그곳에는 새로운 골짜기가 있고, 새로운 산도 있다…….

스너프킨이 짐을 꾸리는 동안 무민은 줄곧 그 모습을 바라보며 서 있었다.

무민이 물었다.

"오랫동안 돌아오지 않을 거야?"

스너프킨이 말했다.

"아니. 새봄이 오는 첫날 돌아와서 창문 아래에서 휘파람을 불게. 봄은 아주 빨리 돌아와!"

무민이 말했다.

"응, 안녕."

스너프킨이 말했다.

"안녕, 안녕."

무민은 다리에 남아 있었다. 스너프킨이 점점 더 작아지더니, 마침내 자작나무와 사과나무 숲 사이로 사라졌다. 그렇지만 잠시 뒤, 스너프킨의 하모니카 소리가 들렸다. 스너프킨은 〈작은 동물들은 모두 꼬리에 장미 모양 리본을 달지〉를 불고 있었다.

무민이 생각했다.

'스너프킨이 즐거운가 보네.'

스너프킨이 부는 하모니카 소리는 점점 희미해지다 마침내 더는 들리지 않게 되었다. 무민은 이슬에 젖은 정원을 내달려 집으로 돌아왔다.

계단에서 무민은 웅크린 채 햇볕을 쬐고 있는 토프슬란과 비프슬란을 만났다.

토프슬란이 말했다.

"안녕슬란."

이제 무민은 토프슬란과 비프슬란의 말을 배웠기 때문에 무슨 말인지 알아듣고 대답했다. (비록 유창하지는 않지만.)

"안녕."

비프슬란이 물었다.

"울었슬란?"

무민이 대답했다.

"조금. 스너프킨이 떠났거든."

토프슬란이 측은하다는 듯 말했다.

"참슬란 아쉽슬란. 토프슬란 코슬란 뽀뽀하슬란 기분슬란 좀슬란 나아지슬란?"

무민은 토프슬란의 코에 다정히 입을 맞추었지만, 기분이 나아지지는 않았다.

토프슬란과 비프슬란은 머리를 맞대고 오랫동안 속닥거렸다. 그다음 비프슬란이 엄숙하게 말했다.

"우리슬란 너슬란 가방슬란 보여슬란 결정했슬란."

무민이 물었다.

"가방 안에 들어 있는 물건 말이야?"

토프슬란과 비프슬란이 힘차게 고개를 끄덕였다. 둘은 덤불로 급히 들어가며 말했다.

"들어와슬란, 들어와슬란."

무민이 뒤따라 기어갔다. 무성한 덤불 속에는 토프슬란

과 비프슬란이 바닥을 솜털로 장식해 놓고, 나뭇가지 사이에 조가비와 작고 하얀 돌을 걸어 놓은 비밀 장소가 있었다. 그 안은 무척 어두웠다. 덤불을 지나가는 그 누구도 그 속에 비밀 장소가 있다는 사실은 알아차리지 못했다. 왕골로 짠 양탄자 위에는 토프슬란과 비프슬란의 가방이 놓여 있었다.

무민이 말했다.

"저건 스노크메이든의 양탄자잖아. 안 그래도 어제 스노크메이든이 양탄자를 찾아다니던데."

비프슬란이 말했다.

"그래슬란. 걔슬란 우리슬란 저거슬란 찾아냈슬란 전혀슬란 모르슬란!"

무민이 말했다.

"흠. 그럼 이제 너희 가방에 뭐가 들어 있는지 나한테 보여 줄 거야?"

토프슬란과 비프슬란은 기쁘게 고개를 끄덕였다. 둘은 가방 양옆에 서서 진지하게 초읽기를 했다.

"하나슬란! 둘슬란! 셋슬란!"

그러고 나서 둘은 딱 소리를 내며 가방을 열었다.

무민이 말했다.

"아니, 세상에."

덤불 속 작은 공간이 부드러운 붉은빛으로 가득 찼다. 무민의 눈앞에 표범의 머리처럼 크고, 지는 태양처럼 빛나며, 타오르는 불이나 흐르는 물이 반짝이는 듯이 생동감 넘치는 루비가 놓여 있었다.

토프슬란이 물었다.

"좋아슬란?"

무민은 모기만 한 목소리로 대답했다.

"응."

비프슬란이 말했다.

"이제슬란 더슬란 안슬란 울슬란?"

무민이 고개를 끄덕였다.

토프슬란과 비프슬란은 안도의 한숨을 내쉬면서 자리에 앉아 보석을 바라보았다. 둘은 홀린 듯 말없이 루비를 뚫어지게 쳐다보았다.

루비는 바다처럼 빛깔을 바꾸었다. 가끔은 밝기만 하다가도 장밋빛이 루비 위를 스쳐 갔다. 눈 덮인 산꼭대기에 태양이 뜰 때처럼. 그러다 갑자기 루비의 가장 깊은 곳에서부터 짙붉은 불꽃이 뿜어져 나왔다. 루비는 작은 불꽃 수술이 달린 검은 튤립 같아 보이기도 했다.

무민이 말했다.

"아, 스너프킨이 이걸 봤으면 좋았을 텐데!"

무민은 그 자리에 오랫동안 서 있었다. 시간은 아주 느리게 흘러갔고, 무민의 생각은 점점 더 커졌다.

마침내 무민이 말했다.

"정말 멋졌어. 언제 한번 다시 와서 봐도 될까?"

그러나 토프슬란과 비프슬란은 대답이 없었다.

무민은 덤불에서 기어 나오자마자 밝은 햇빛에 어지럼증이 나서 잠깐 풀밭에 앉았다.

무민이 생각했다.

'아니, 세상에. 저 루비는 마법사가 달에서 찾고 있는 왕의 루비가 틀림없어. 저 조그만 토프슬란이랑 비프슬란이 가방 속에 루비를 넣어 다녔다니!'

깊은 고민에 빠진 무민은 스노크메이든이 정원을 가로질러 와서 곁에 앉아도 알아차리지 못했다. 잠시 뒤, 스노크메이든은 무민의 꼬리 끄트머리를 톡하고 건드렸다.

무민이 펄쩍 뛰며 놀라더니 이윽고 말했다.

"아, 너였구나!"

스노크메이든이 살짝 웃더니 고개를 돌리며 말했다.

"새로 다듬은 내 머리 어때?"

무민이 말했다.

"아아, 이런."

스노크메이든이 말했다.

"딴생각하는구나. 어떤 생각인데?"

무민이 말했다.

"사랑하는 스노크메이든, 그건 말 못 해. 하지만 마음이 무거워. 스너프킨이 떠났거든."

스노크메이든이 말했다.

"설마."

무민이 말했다.

"진짜야. 그래도 스너프킨은 나한테 작별 인사를 하고

떠났어. 나 말고 다른 친구들은 깨우지 않고."

무민과 스노크메이든은 풀밭에 앉아 태양의 온기를 느꼈다. 스니프와 스노크가 계단으로 나왔다.

스노크메이든이 말했다.

"이봐. 스너프킨이 남쪽으로 떠난 거 알아?"

스니프가 화내며 말했다.

"날 빼놓고 가다니!"

무민이 말했다.

"가끔은 혼자만의 시간이 필요해. 넌 아직 너무 어려서 이해하지 못하겠지만. 그나저나 다들 어디 있어?"

스노크가 말했다.

"헤물렌은 버섯을 따러 갔어. 사향뒤쥐 아저씨는 그물침대를 집 안에 들여 놓았어. 요즘 밤에 쌀쌀하대. 그런데 무민마마가 오늘 정말 기분 안 좋아 보이시더라!"

무민이 깜짝 놀라 물었다.

"화나신 것 같았어, 아니면 슬프신 것 같았어?"

스노크가 말했다.

"슬퍼 보이셨어."

무민이 일어나며 말했다.

"그럼 얼른 들어가야겠다. 엄청난 일이 일어났나 봐."

거실 소파에 앉아 있는 무민마마는 괴로워 보였다.

무민이 물었다.

"무슨 일이에요?"

무민마마가 대답했다.

"무민, 끔찍한 일이 일어났단다. 내 손가방이 사라졌지 뭐니. 엄마는 손가방 없이는 아무것도 못 하는데! 사방팔방 안 뒤져 본 데가 없는데, 아무 데도 없구나!"

무민이 말했다.

"정말 끔찍한 일이네요. 우리가 손가방을 찾아볼게요!"

대대적인 수색이 벌어졌다. 거들지 않은 건 사향뒤쥐뿐이었다.

사향뒤쥐가 말했다.

"온갖 불필요한 물건 가운데 가장 불필요한 물건이 바로 가방이외다. 생각해 보시오. 무민 여사한테 가방이 있든 없든, 별다를 것 없이 시간은 흐르고 날은 바뀌는 법이라오."

무민파파가 말했다.

"별다를 것 없다니! 손가방 없는 아내는 상상조차 할 수가 없어요. 무민 엄마가 손가방을 들지 않은 모습은 단 한 번도 본 적이 없단 말입니다!"

스노크가 물었다.

"가방에 든 게 많았어요?"

무민마마가 말했다.

"그건 아니란다. 갑자기 필요해서 찾을지도 모르는 것만 있었어. 마른 양말이랑 캐러멜, 철사, 배앓이 가루약 같은 거."

스니프가 물었다.

"우리가 가방을 찾으면 뭐 해 주실 거예요?"

무민마마가 말했다.

"뭐든! 너희를 위해 성대한 잔치를 열어 줄게. 저녁에 후식만 먹어도 되고, 빨리 씻고 일찍 잠자리에 들지 않아도 된단다!"

그래서 수색은 두 배나 더 철저히 이어졌다. 모두 집 안을 샅샅이 뒤졌다. 양탄자와 침대 밑을, 스토브와 지하실 안을 들여다보았다. 정원과 장작 창고도 모자라 강가까지 가서 가방을 찾았다.

스니프가 물었다.

"가방을 들고 나무에 올라가신 적이나 물놀이할 때 가방을 가져가신 적 있어요?"

무민마마가 말했다.

"없단다. 지지리 운도 없지!"

스노크가 말했다.

"전보를 보내요!"

그래서 신문에는 동시에 두 가지 큰 소식이 실렸다.

스너프킨이 무민 골짜기를 떠나다!
동틀 녘 신비로운 출발!

그리고 더 크게는 다음과 같이 실렸다.

무민마마의 가방이 사라지다!
실마리는 전혀 없음! 현재 수색 진행 중.
가방을 찾으면 전대미문의 8월 잔치를 열 예정!

 가방이 사라졌다는 소식이 퍼지자 숲과 산과 바닷가가 시끌벅적해졌다. 자그마한 숲쥐들은 모두 가방을 찾아 나섰다. 나이 들고 힘없는 생명들만 집에 남았고, 온 무민 골짜기에 소리치고 뛰어다니는 소리가 울려 퍼졌다.
 "어쩜 좋아. 내가 이런 소동을 일으키다니!"
 무민마마는 이렇게 말하면서도 꽤 흡족해했다.
 비프슬란이 물었다.
 "다들슬란 뭐슬란 찾았슬란?"
 무민마마가 말했다.
 "내 가방이란다."
 토프슬란이 말했다.
 "까맣슬란 거슬란? 작은슬란 주머니슬란 네슬란 개슬

란 있슬란 비추슬란 보슬란 수슬란 있슬란 거슬란?"

무민마마가 물었다.

"무슨 말이니?"

무민마마는 토프슬란과 비프슬란의 말에 집중하기에는 너무 불안한 상태였다.

토프슬란이 말했다.

"주머니슬란 네슬란 개슬란 달리슬란 까맣슬란 거슬란."

무민마마가 말했다.

"그래, 그래. 꼬마 친구들, 밖으로 나가서 놀도록 하렴. 내 걱정은 말고!"

토프슬란과 비프슬란이 정원으로 나갔을 때, 비프슬란이 말했다.

"어떻게슬란 생각하슬란?"

토프슬란이 말했다.

"아주머니슬란 슬퍼하슬란 거슬란 못슬란 보슬란."

비프슬란이 한숨을 쉬며 말했다.

"그럼슬란 아주머니슬란 가방슬란 있어슬란 하겠슬란. 하지만슬란 작은슬란 주머니슬란 자기슬란 좋았슬란."

그래서 토프슬란과 비프슬란은 여전히 아무도 찾아내지 못한 둘만의 비밀 장소로 가서 무민마마의 가방을 장미 덤불 아래에서 끌어냈다.

토프슬란과 비프슬란이 무민마마의 가방을 양쪽에서 질질 끌며 정원을 지나갈 때가 딱 오후 3시였다. 이윽고 매 한 마리가 둘의 모습을 발견하고 이 소식을 무민 골짜기에 소리쳐 알렸다. 곧이어 다음과 같은 새 소식이 널리 퍼졌다.

무민마마의 가방 발견!
토프슬란과 비프슬란이 발견하다.
무민 가족의 집에서 펼쳐지는 감동적인 장면!

무민마마가 소리쳤다.
"이게 진짜니? 어머, 정말이지 이렇게 반가운 일이 다 있다니! 어디에서 찾았니?"
토프슬란이 말했다.
"덤불슬란 안슬란. 잠슬란 정말슬란 좋았슬란……."
그러나 그 순간, 축하하려는 무민과 친구들이 쳐들어오는 바람에 무민마마는 손가방이 토프슬란과 비프슬란의 침실로 사용되었다는 (그리고 그 침실이 정말 좋았다는) 사실은 전혀 알 수 없었다.
더구나 모두 커다란 8월 잔치 말고 다른 일에는 전혀 관심이 없었다. 달이 뜨기 전까지 모든 준비를 끝낼 터였다. 준비된 잔치는 재미있을 테고, 자리를 빛낼 이들은 모두 빠짐없이 참석할 터였다!

사향뒤쥐까지도 관심을 갖고 다가와 말했다.

"탁자가 아주 많아야겠소이다. 작은 탁자부터 큰 탁자까지, 예상치 못한 곳까지 놓아야 할 거외다. 성대한 잔치에서 한 곳에 조용히 앉아 있을 이들은 아무도 없을 터. 하객들이 평소보다 더 심하게 난리법석을 떨 일이 두렵소이다. 그리고 최고의 음식부터 대접해야 하외다. 하객들은 나중에 대접받는 음식은 중요하게 생각하지 않소. 그때쯤이면 이미 즐거워졌을 테니까 말이외다. 또한 하객들을 공연이나 노래 같은 것으로 방해하지 말고, 하객들이 잔치 그 자체가 되도록 해야 할 거요."

이렇듯 놀라운 삶의 지혜를 전한 사향뒤쥐는 만사의 불필요함을 다룬 책을 읽으러 그물침대로 돌아갔다.

스노크메이든이 초조하게 물었다.

"장신구는 어떤 걸 할까? 깃털 달린 파란 머리핀? 아니면 진주 왕관?"

무민이 말했다.

"깃털로 해. 귓가랑 발목에만 깃털을 달면 좋겠다. 꼬리 끝에 깃털 두세 개쯤 달면 어떨까?"

"고마워."

스노크메이든은 이렇게 말한 뒤, 급히 자리를 떴다. 그런데 문 안쪽에서 종이 등을 들고 오던 스노크와 부딪히고 말았다.

스노크가 말했다.

"조심 좀 해! 등이 뭉개졌잖아! 여동생은 아무짝에도 쓸모없다는 걸 진작 알았어야 했는데!"

그러더니 스노크는 정원으로 나가 등을 나무에 걸기 시작했다. 그사이 헤물렌은 불꽃놀이 폭죽을 적당한 자리에 놓고 있었다. 파란 유성우 폭죽, 빛줄기 폭죽, 벵골의 눈보라 폭죽, 은빛 분수 폭죽과 로켓 모양 폭죽이 줄줄이 놓였다.

헤물렌이 말했다.

"이런 긴장감은 너무 불쾌한데! 무민파파, 시험 삼아 딱 하나만 쏴 보면 안 될까요?"

무민파파가 말했다.

"낮에는 폭죽이 잘 보이지 않는단다. 하지만 정 보고 싶다면 감자 두는 지하실로 빛줄기 폭죽이나 하나 가져가서 쏴 보렴."

무민파파는 계단 앞에 서서 빨간 펀치를 여러 통 만들었다. 펀치에는 건포도와 아몬드, 설탕으로 졸인 연근, 생강, 설탕과 육두구 꽃, 레몬 한두 개 그리고 활기 넘치게 해 줄 마가목 열매로 만든 술 2~3리터를 넣었다.

어떻게 되어 가는지 가끔 맛을 보았다.

아주 훌륭했다.

스니프가 말했다.

"딱 하나가 아쉬워요. 음악이 없잖아요. 스너프킨은 멀리 가 버렸고."

무민파파가 말했다.

"집에 있는 낡은 음악상자 소리를 키우자꾸나. 다 잘될 거야! 우리 두 번째 잔은 스너프킨을 위해 건배할 거란다."

스니프가 희망 섞인 목소리로 물었다.

"그럼 첫 번째 잔은요?"

무민파파가 말했다.

"당연히 토프슬란과 비프슬란이지."

일은 점점 더 커져만 갔다. 온 골짜기와 숲과 물가에 사는 생명들이 먹을 것과 마실 것을 가져와 정원에 놓인 탁자마다 한가득 펼쳐놓았다. 윤기가 흐르는 열매들이 산더미처럼 쌓였고, 샌드위치가 담긴 접시들은 어마어마하게 컸으며, 덤불 아래 놓은 작은 탁자마다 견과류와 잎더미, 짚에 꿴 산딸기 꼬치, 감자개발나물과 밀 이삭이 놓였다. 무민마마는 솥이 너무 작아 욕조에서 팬케이크 반죽을 저었다. 그뿐만 아니라 지하실에서 잼 단지 열한 개를 꺼내 나르기까지 했다. (안타깝게도 열두 번째 잼 단지는 헤물렌이 빛줄기 폭죽에 불을 붙였을 때 깨져 버렸지만, 토프슬란과 비프슬란이 잼을 거의 다 핥아 먹어서 상관없었다.)

토프슬란이 말했다.

"상상슬란! 우리 기념슬란 참 많이도 시끄럽슬란!"

비프슬란이 말했다.

"응, 상상슬란 어렵슬란."

토프슬란과 비프슬란은 가장 큰 탁자의 주빈석에 자리를 잡았다.

등을 밝혀도 좋을 만큼 어두워지자 헤물렌이 종을 쳤다. "이제 잔치를 시작합니다!"라는 뜻이었다.

처음에는 무척 엄숙했다.

모두 최대한 멋지게 차려입은 탓에 마음이 조금 묘했다. 하객들은 저마다 고개 숙여 인사하며 말했다.

"가방도 찾고 비도 내리지 않아서 다행이야."

아무도 자리에 앉지 않았다.

무민파파가 짤막하게 개회사를 했는데, 잔치를 여는 이유를 말하고, 토프슬란과 비프슬란에게 감사를 전했다. 그다음 북유럽의 짧은 여름에 관한 이야기와 모두 즐거운 시간을 보냈으면 한다는 말을 했고, 뒤이어 소싯적 자신이 어땠는지 이야기했다.

그때 무민마마가 팬케이크를 실은 외바퀴 손수레를 몰

고 오자 모두 손뼉을 치기 시작했다.

분위기는 한결 편안해졌고, 잠시 뒤 진짜 잔치가 시작되었다. 온 정원이 아니, 온 골짜기가 불을 밝힌 작은 탁자로 가득 찼다. 개똥벌레와 반딧불이가 반짝였고, 정원에 매달린 밝은 등이 밤바람에 커다랗고 환히 빛나는 열매처럼 위아래로 흔들렸다.

로켓 모양 폭죽은 8월의 하늘을 향해 원만한 선을 그리며 위풍당당하게 날아오르다 저 높이에서 터진 다음 골짜기로 하얀 별이 비처럼 쏟아지는 듯이 느릿느릿 떨어졌다. 작은 생명들 모두 고개를 젖히고 유성우 같은 불꽃을 향해 환호했다. 아, 신기한 일이 아닐 수 없었다!

다음으로 은빛 분수 폭죽이 재빨리 솟구쳤고, 또 벵갈의 눈보라 폭죽이 나무 꼭대기 위에서 휘날렸다! 그리고 무민파파는 빨간 펀치가 담긴 커다란 통을 굴리며 정원으로 내려왔다. 모두 잔을 들고 달려들었고, 무민파파는 유리잔과 컵과 사발, 자작나무 껍질로 만든 잔과 조가비와 잎을 말아 만든 원뿔 잔에 펀치를 채워 주었다.

온 무민 골짜기가 소리쳤다.

"토프슬란과 비프슬란을 위해 건배합시다! 만세, 만세, 만세!"

그다음 무민이 의자에 올라서서 말했다.

"이번에는 이 한밤중에 혼자 남쪽으로 향하고 있지만, 그래도 우리만큼 행복할 스너프킨을 위해 잔을 들게요. 우리 모두 스너프킨이 천막 치기 좋은 자리를 찾아 홀가분한 마음으로 시간을 보내고 있기를 바라자고요!"

온 골짜기가 새로 잔을 들었다.

무민이 다시 자리에 앉자, 스노크메이든이 말했다.

"멋진 건배사였어."

무민이 부끄러워하며 말했다.

"그랬어? 미리 생각해 두긴 했었는데!"

무민파파는 정원으로 음악상자를 들고 와서 커다란 스피커에 연결했다. 순식간에 온 골짜기가 춤추고 뛰어오르고 발 구르고 이리저리 왔다 갔다 하고 퍼덕거렸다. 나무 요정들은 공중에서 머리를 휘날리며 춤을 추었고, 다리가 뻣뻣한 생쥐 커플들은 나무 그늘 아래에서 빙빙 돌았다.

무민이 스노크메이든에게 허리를 숙이며 말했다.

"저와 춤추시죠!"

그때 위를 쳐다본 무민은 숲 꼭대기 위로 둥글게 빛나는 무엇인가를 발견했다.

8월의 달이었다.

주황색에 가장자리가 살구 절임처럼 살짝 해어진 달은 여느 때보다도 더 가까이 다가와 있었다. 달빛은 등불

과 그림자로 가득한 무민 골짜기를 더없이 신비롭게 비추었다.

스노크가 말했다.

"오늘 밤에는 달의 분화구까지 보여요. 저기 좀 보세요!"

무민이 곰곰이 생각했다.

'달 분화구는 정말 끔찍하게 황량하겠지. 마법사가 저 위에서 루비를 찾아다니다니, 정말 안됐어!'

스노크메이든이 말했다.

"좋은 망원경이 있었으면 마법사도 보였을 텐데."

무민이 말했다.

"그랬겠지. 아무튼 이제 춤추자!"

잔치는 더욱 기운차게 이어졌다.

비프슬란이 물었다.

"피곤슬란?"

토프슬란이 대답했다.

"아니슬란. 곰곰이슬란 생각하슬란. 다들슬란 우리슬란 참슬란 친절하슬란. 즐겁슬란 하슬란 주슬란!"

토프슬란과 비프슬란은 잠깐 속닥거리더니, 고개를 끄덕이다가 다시 속닥거렸다. 그다음 둘은 둘만의 비밀 장소로 기어 들어갔다. 다시 나왔을 때 둘은 가방을 들고 있었다.

온 정원이 갑자기 새빨간 장미 같은 붉은빛으로 가득 찼을 때는 12시를 훌쩍 넘긴 시각이었다. 모두 새 불꽃놀이가 시작되는 줄 알고 춤추기를 멈추었다. 그러나 토프슬란과 비프슬란이 가방을 열었을 뿐이었다. 잔디밭에 놓인 왕의 루비는 그 어느 때보다도 더욱 아름답게 빛났다. 불꽃과 등불과 달까지도 창백하게 빛을 잃었다. 모두 경건한 마음으로 말없이 보석 주위로 빼곡하게 모였다.

무민마마가 소리쳤다.

"저렇게나 아름다운 게 있다니!"

스니프는 깊은 한숨을 내쉬고 말했다.

"쟤들은 정말 행복하겠다!"

그러나 왕의 루비가 한밤중 같이 어두운 지구에서 빨간빛을 내쏘자, 저 위 달에 있던 마법사의 눈에 띄었다. 달에서 왕의 루비 찾기를 포기한 마법사는 표범이 한쪽 구석에서 잠깐 눈을 붙이는 동안 지치고 슬픈 마음을 달래며 분화구 가장자리에 앉아 쉬고 있었다.

마법사는 저 아래 지구에서 빛나는 빨간 점이 무엇인지 곧장 알아차렸다. 수백 년 동안 찾아 헤맨 세상에서 가장 큰 루비, 왕의 루비였다! 마법사는 급히 일어나 장갑을 끼고 어깨에 망토를 두르는 동안 이글거리는 눈으로 지구를 뚫어지게 바라보았다. 마법사는 모아 두었던 망토 속 보석

들을 모두 내팽개쳤다. 오로지 단 하나, 30분도 지나지 않아 손에 넣을 그 보석에만 온 신경을 곤두세웠다.

표범은 등에 주인을 태우고 공중으로 날아올랐다.

마법사와 표범은 빛보다도 더 빠르게 우주를 질주했다. 유성이 쉭쉭 소리를 내며 둘을 스쳐 지나갔고, 눈보라 같은 우주진이 휘몰아치며 마법사의 외투에 달라붙었다.

빨간 불꽃이 마법사의 발밑에서 점점 더 강렬한 빛을 내뿜었다. 마법사는 무민 골짜기를 향해 곧장 내려갔고, 표범은 부드럽게 산에 착지했다.

무민 골짜기 주민들은 여전히 왕의 루비 앞에 앉아 말없이 경탄에 빠져 있었다. 루비의 불꽃을 바라보는 모두 자기가 이제껏 생각하고 경험한 가장 아름답고 놀랍고 멋진 것을 떠올렸고, 다시금 떠올리고 경험했으면 좋겠다고 생각했다. 무민은 스너프킨과 함께했던 밤 산책을 떠올렸고, 스노크메이든은 나무 여왕을 찾아낸 자신이 얼마나 자랑스러운지 생각했다. 그리고 무민마마는 햇볕에 달구어진 따스한 모래밭에 누워 머리를 위아래로 흔드는 깃털말미잘 사이로 하늘을 올려다보았던 때를 돌이켜보았다.

모두 자신의 기억 속에 빠져들어 넋을 놓고 있었다. 그래서 눈이 붉고 몸이 하얀 조그만 생쥐 한 마리가 살그머니 그늘을 빠져나와 왕의 루비를 향해 살금살금 다가갔을 때 깜짝 놀라 퍼뜩 정신을 차렸다. 검은 고양이 한 마리가 생쥐 뒤를 따라오더니 잔디밭에서 기지개를 켰다.

무민 골짜기 주민들은 모두 무민 골짜기에 흰 생쥐도, 검은 고양이도 살지 않는다는 사실을 알고 있었다.

헤물렌이 말했다.

"고양아, 고양아!"

그러나 고양이는 눈곱만큼도 신경 쓰지 않고 눈만 감고 있었다.

숲쥐가 말했다.

"사촌, 안녕하신가!"

흰 생쥐는 깊고 울적한 빨간 눈으로 숲쥐를 보았다.

무민파파는 새로 온 손님들을 대접하려 잔을 두 개 들고 다가갔지만, 새 손님들은 무민파파도 전혀 신경 쓰지 않았다.

무민 골짜기가 침울한 분위기에 휩싸였고, 모두 의아해하며 소곤댔다. 불안해진 토프슬란과 비프슬란이 루비를 다시 가방에 넣고 닫아 버렸다. 둘이 가방을 들고 돌아가려 했을 때, 갑자기 흰 생쥐가 뒷발을 들고 일어서더니 커지기 시작했다.

생쥐는 무민 가족의 집에 버금갈 만큼 커졌다. 동시에 흰 장갑을 끼고 눈이 빨간 마법사로 변했고, 다 커지자 잔디밭에 앉아 토프슬란과 비프슬란을 바라보았다.

비프슬란이 말했다.

"흉하슬란 아저씨슬란, 가슬란!"

마법사가 물었다.

"왕의 루비를 어디에서 찾았습니까?"

토프슬란이 말했다.

"아저씨슬란 일슬란 신경슬란 써슬란!"

토프슬란과 비프슬란이 그토록 용감한 모습은 아무도 본 적이 없었다.

마법사가 말했다.

"300년 동안 그 루비를 찾아 다녔습니다. 온 세상 다른 그 무엇도 신경 쓰지 않았어요!"

비프슬란이 말했다.

"우리슬란 그렇슬란!"

무민이 말했다.

"저 친구들한테서 왕의 루비를 빼앗을 수는 없어요. 저 루비는 그로크한테서 정당하게 샀다고요!"

그러나 무민은 루비 값으로 마법사의 예전 모자를 주었다고는 말하지 않았다. (그런데 마법사는 새 모자를 쓰고 있었다.)

마법사가 말했다.

"기운을 차리게 뭐든 먹을 것 좀 주시겠습니까? 너무 예민해졌군요."

무민마마가 곧장 팬케이크와 잼이 든 커다란 접시를 들고 뛰어와 마법사에게 주었다.

마법사가 팬케이크를 먹는 동안 모두 마법사에게 좀 더 가까이 다가갈 용기가 났다. 그 누구라도 잼을 바른 팬케이크를 먹는 동안에는 위협적으로 보일 수가 없는 법이다. 게다가 말도 걸 수 있었다.

　토프슬란이 물었다.

　"맛슬란 괜찮슬란?"

　마법사가 말했다.

　"네, 맛있군요. 지난 85년 동안 팬케이크를 먹지 못했어요!"

　그 말에 마법사가 가엾어 모두 좀 더 가까이 다가갔다.

　팬케이크를 다 먹은 마법사는 콧수염을 닦으며 말했다.

　"여러분한테서 왕의 루비를 빼앗을 수는 없습니다. 대가를 주고 산 물건은 다시 팔든 선물하든 해야 하니까요. 루비를 제게 팔지 않겠습니까? 다이아몬드 산 두 곳과 이런저런 보석이 가득 묻힌 골짜기 하나면 어떻겠습니까?"

　토프슬란과 비프슬란이 말했다.

　"싫슬란!"

　마법사가 말했다.

　"그럼 제게 선물할 수는 없겠습니까?"

　토프슬란과 비프슬란이 말했다.

　"시잃슬란!"

　마법사는 한숨을 내쉬더니 슬픈 표정으로 잠깐 동안 골똘히 생각하며 앉아 있었다. 그다음 마법사가 말했다.

"잔치를 계속하시지요. 여러분을 위해 마법을 좀 보여 드리겠습니다. 여러분의 소원이 마법으로 이루어질 겁니다. 소원을 비세요! 무민 부부 먼저 하시지요."

무민마마는 조금 망설이다 물었다.

"소원이 꼭 눈에 보이는 것이어야 하나요? 생각 같은 건 안 될까요? 제 말이 무슨 뜻인지 이해하시겠어요?"

마법사가 말했다.

"물론입니다. 사물이 더 쉽겠지만 생각도 이루어질 수 있습니다."

무민마마가 말했다.

"그럼 스너프킨이 떠났다고 무민이 더 슬퍼하지 않았으면 좋겠어요."

무민이 새빨개진 얼굴로 말했다.

"그게 그렇게 티가 났을 줄은 몰랐어요."

마법사가 망토를 한 번 휘두르자, 무민의 마음에서 우울함이 날아가 버렸다. 무민의 그리움은 기대가 되었고, 기분도 한결 좋아졌다.

무민이 소리쳤다.

"제 소원도 생각났어요! 마법사 아저씨, 먹을 게 차려진 탁자를 통째로 스너프킨에게 날아가게 해 주세요. 스너프킨이 어디에 있든 지금 당장이요!"

 그 말과 동시에 탁자가 나무 꼭대기 위로 올라가 팬케이크와 잼, 열매와 꽃과 펀치와 캐러멜 그리고 사향뒤쥐가 탁자 모서리에 얹어 둔 책까지 싣고 남쪽으로 날아갔다.
 사향뒤쥐가 말했다.
 "안 돼! 마법을 써서 당장 내 책을 되돌려 줄 것을 요청하겠소이다!"
 마법사가 말했다.

"지나간 일은 지나간 일일 뿐입니다! 하지만 새 책을 드리지요. 자, 받으세요!"

사향뒤쥐가 소리 내어 읽었다.

"『만사의 필요성에 관하여』라니. 틀렸소이다! 내 책은 만사의 불필요함을 다루었단 말이오!"

그러나 마법사는 웃기만 했다.

무민파파가 말했다.

"이제 제 차례군요. 하지만 소원을 정하기가 정말 어렵습니다! 이것저것 많이 생각해 봤지만, 진짜 괜찮은 게 없어요. 온실은 직접 지어야 재미있지요. 나룻배도 마찬가지입니다. 그러고 보니 저는 웬만한 건 다 갖고 있군요!"

스니프가 말했다.

"그럼 소원이 없으신 거네요. 그럼 대신 제가 소원을 두 번 빌어도 돼요?"

무민파파가 말했다.

"아니, 그게. 언제 또 이렇게 소원을 빌 수 있을지도 모르는데……."

무민마마가 말했다.

"여보, 그럼 서둘러요. 당신 회고록을 만들 때 쓸 아주 멋진 표지를 소원으로 비는 건 어때요?"

무민파파가 기뻐하며 말했다.

"그래, 그거 좋겠네요."

마법사가 빨간 모로코가죽에 금으로 장식한 표지를 건네자, 모두 경탄하며 소리쳤다.

스니프가 소리쳤다.

"이제 내 차례야! 제 배를 주세요! 자줏빛 돛이 달린 조가비 같은 배요! 돛대는 자카란다 나무로 되어 있어야 하고요, 노걸이는 다 에메랄드로요!"

"작은 소원은 아니군요."

마법사는 상냥하게 말하더니 외투를 휘둘렀다.

모두 숨죽였지만, 배는 보이지 않았다.

스니프가 실망해서 말했다.

"안 됐어요?"

마법사가 말했다.

"제대로 됐어요. 하지만 배는 저 아래 물가에 놓아두었으니까 내일 찾을 수 있을 거예요."

스니프가 물었다.

"에메랄드 노걸이가 있어요?"

마법사가 말했다.

"물론이죠. 노걸이 네 개에 예비로 하나 더. 자, 다음 분."

헤물렌이 말했다.

"네. 있는 그대로 말하자면, 스노크한테 빌린 모종삽

을 부러뜨려 버렸어요. 그래서 새 모종삽이 꼭 필요해요."

마법사가 새 모종삽을 건네자 헤물렌은 공손히 고개 숙여 인사했다.*

스노크메이든이 물었다.

"마법을 쓰기 힘들지는 않으세요?"

마법사가 말했다.

"이렇게 손쉬운 마법은 괜찮습니다! 그럼 작은 숙녀께는 무엇을 드릴까요?"

스노크메이든이 말했다.

"힘든 마법일 거예요. 귓속말로 해도 돼요?"

스노크메이든이 속삭이자, 마법사는 조금 놀란 표정으로 물었다.

"정말 그게 어울릴 거라고 생각하십니까?"

스노크메이든이 깊게 숨을 내쉬었다.

"네! 정말요!"

마법사가 말했다.

"음, 그럼 그렇게 해 드리지요. 자!"

다음 순간, 여기저기에서 깜짝 놀라 탄성을 내질렀다.

---

* 드레스를 입고 허리를 숙여 인사하면 조금 바보 같아 보이기 때문에 헤물렌은 고개를 숙여 인사한다.—지은이

딴판으로 바뀐 스노크메이든이 모두의 눈앞에 서 있었다.

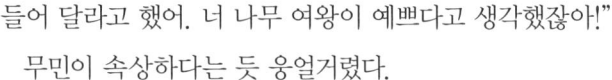

무민이 소리쳤다.

"도대체 뭘 한 거야!"

스노크메이든이 말했다.

"내 눈을 나무 여왕처럼 만들어 달라고 했어. 너 나무 여왕이 예쁘다고 생각했잖아!"

무민이 속상하다는 듯 웅얼거렸다.

"그랬지. 그렇지만."

"새 눈이 예쁘지 않은 거야?"

스노크메이든은 이렇게 말하더니 울음을 터뜨려 버렸다.

마법사가 말했다.

"음, 새 눈이 마음에 들지 않으면 숙녀의 오빠가 예전 눈으로 되돌려 달라고 소원을 빌면 됩니다!"

스노크가 항의했다.

"그렇긴 하지만 저는 전혀 다른 걸 생각하고 있었거든요. 쟤가 바보 같은 소원을 빈 건 제 잘못이 아니니까요!"

마법사가 물었다.

"그럼 어떤 소원을 생각했나요?"

스노크가 대답했다.

"계산기요! 옳은지 그른지, 좋은지 나쁜지 계산하는 기계 말이에요."

마법사는 고개를 저으며 말했다.

"그 소원은 너무 어렵군요. 불가능합니다."

스노크가 말했다.

"음, 그럼 글을 쓰는 기계요. 쟤는 눈이 커졌으니까 앞이 더 잘 보여서 괜찮아요!"

마법사가 말했다.

"그렇군요. 하지만 숙녀분이 좋아하지 않는 듯한데요."

거울을 든 스노크메이든이 울면서 소리쳤다.

"스노크, 제발! 예전 작은 눈으로 돌아가고 싶어! 나 끔찍해 보이잖아!"

스노크가 관대하게 말했다.

"흠. 가족의 명예를 위해 예전 모습으로 돌아가길 바라. 그렇지만 이번 기회에 허영이 줄었으면 좋겠어."

스노크메이든은 다시 거울을 들여다보고 기쁨의 탄성을 터뜨렸다. 스노크메이든의 상냥한 눈이 제자리로 돌아왔지만, 사실 속눈썹은 조금 더 길어졌다! 스노크메이든은 환한 얼굴로 스노크를 껴안으며 소리쳤다.

"정말 고마워! 스노크 오빠! 내가 봄맞이 선물로 글 쓰는 기계를 줄게!"

스노크가 너그럽게 말했다.

"에이, 남들이 볼 때 뽀뽀하면 안 되지. 네가 그렇게 끔찍해 보이는 건 참을 수가 없었어. 그뿐이야."

마법사가 말했다.

"그래, 이제 이 집에 사는 분들 중에는 토프슬란과 비프슬란만 남았군요. 둘은 갈라놓을 수 없으니 공동의 소원 한 가지를 들어 드리지요!"

토프슬란이 물었다.

"아저씨슬란 자기슬란 소원슬란 안슬란 빌슬란?"

마법사가 처량하게 말했다.

"그럴 수가 없어요. 다른 이들의 소원만 들어줄 수 있고, 나는 다른 것으로 변신만 할 수 있습니다."

토프슬란과 비프슬란은 마법사를 뚫어지게 쳐다보았다. 그러더니 머리를 맞대고 한참을 속삭였다.

그다음, 비프슬란이 엄숙하게 말했다.

"우리슬란 아저씨슬란 위하슬란 소원슬란 결정했슬란, 아저씨슬란 친절하슬란. 우리슬란 우리만큼슬란 크슬란 아름답슬란 루비슬란 원하슬란!"

마법사가 웃음을 터뜨릴 줄은 아무도 몰랐다. 마법사는 얼굴빛이 환해져 미소를 지었다. 온몸에, 귀에, 모자에, 장화에 기쁨이 가득 담길 만큼 정말 기뻐했다. 마법사는 한

마디 말도 없이 잔디 위로 외투를 펄럭이며 휘둘렀다. 그때였다! 정원은 다시 새빨간 장미 같은 불빛으로 가득 찼고, 왕의 루비의 쌍둥이인 여왕의 루비가 놓여 있었다.

토프슬란이 말했다.

"이제슬란 아저씨슬란 정말슬란 기뻐하슬란!"

"물론입니다!"

마법사는 이렇게 소리치며 빛나는 보석을 애정 어린 손길로 들어 올려 외투 안에 넣었다.

"이제 골짜기에 사는 모든 작은 생명과 숲쥐들도 소원을 비세요! 새벽까지 여러분의 소원을 들어 드리겠습니다. 해뜨기 전에는 집으로 가야 해서요."

이제 잔치는 진지해졌다!

마법사 앞에는 이루어졌으면 하는 소원을 한 가지씩 가지고 있는 숲의 주민들이 길게 늘어서서 짹짹거리고, 웃음을 터뜨리고, 으르렁대고 고함쳤다. 어리석은 소원을 빌면 다시 소원을 빌 수 있었는데, 마법사의 기분이 좋았기 때문이었다.

모두 다시 활기 넘치게 춤추었고, 새 팬케이크가 실린 외바퀴 손수레가 나무 아래로 줄지어 들어왔다. 헤물렌은 단숨에 폭죽에 불을 붙였고, 무민파파는 회고록을 들고 나와 멋진 표지에 끼워 넣고는 어린 시절에 관한 글을 큰 소리로 읽었다.

무민 골짜기에 이렇게 큰 잔치가 벌어진 적은 처음이었다!

아, 먹을 것도 마실 것도 깡그리 해치우고, 빼놓은 이야깃거리 하나 없이 모두 이야기하고, 다리가 풀릴 때까지 춤추고 난 다음, 동 트기 전 고요한 시간에 잠자리로 돌아가는 달콤함이란!

마법사는 세상의 끝으로 날아갔고, 어미 생쥐는 풀 무더기 아래로 기어 내려갔으니 이제 모두 행복에 잠겼다. 그러나 달이 새벽빛에 창백해지고, 나무가 바닷바람에 살짝 흔들릴 때, 엄마와 함께 정원을 지나 집으로 향하는 무민이 가장 행복하리라.

이제 서늘한 가을이 무민 골짜기에 발을 들여 놓았다. 가을이 오지 않으면 봄이 돌아올 수 없기에.